शब्दकाया

सुनीता जैन के मार्मिक जीवन-प्रसंग

सुनीता जैन हिन्दी और अंग्रेज़ी की आधुनिक कहानीकार और उपन्यासकार हैं। वे एक कवयित्री के रूप में भी प्रसिद्धि प्राप्त कर चुकी हैं। अम्बाला में जन्मी सुनीता जैन ने 'स्टेट यूनिवर्सिटी ऑफ़ न्यू यॉर्क' से अंग्रेज़ी साहित्य में एम. ए. किया था। इसके बाद उन्होंने 'यूनिवर्सिटी ऑफ़ नेब्रास्का' से पीएच. डी. की उपाधि प्राप्त की। शिक्षा और साहित्य का 'पद्मश्री' अलंकरण प्राप्त करने वाली सुनीता जैन, अंग्रेज़ी और हिन्दी में बेहतरीन कविताएँ लिखतीं हैं। उनके उपन्यास, लघुकथाएँ, रचनात्मक अनुवाद और आलोचनात्मक विश्लेषण पाठकों की भरपूर सराहना अर्जित कर चुके हैं। कई पुरस्कारों और फैलोशिप उनके खाते में दर्ज हैं।

शब्दकाया

सुनीता जैन के मार्मिक जीवन-प्रसंग

सुनीता जैन

हिन्द पॉकेट बुक्स
पेंगुइन रैंडम हाउस इम्प्रिंट

हिन्द पॉकेट बुक्स

यूएसए। कनाडा। यूके। आयरलैंड। ऑस्ट्रेलिया। सिंगापुर
न्यू ज़ीलैंड। भारत। दक्षिण अफ्रीका। चीन

हिन्द पॉकेट बुक्स, पेंगुइन रैंडम हाउस ग्रुप ऑफ़ कम्पनीज़ का हिस्सा है,
जिसका पता global.penguinrandomhouse.com पर मिलेगा

पेंगुइन रैंडम हाउस इंडिया प्रा. लि.,
चौथी मंजिल, कैपिटल टावर -1, एम जी रोड,
गुड़गांव 122 002, हरियाणा, भारत

पेंगुइन
रैंडम हाउस
इंडिया

प्रथम हिन्दी संस्करण हिन्द पॉकेट बुक्स द्वारा 2005 में प्रकाशित
यह हिन्दी संस्करण हिन्द पॉकेट बुक्स में पेंगुइन रैंडम हाउस द्वारा 2023 में प्रकाशित

10 9 8 7 6 5 4 3 2

इस पुस्तक में व्यक्त विचार लेखक के अपने हैं, जिनका यथासंभव तथ्यात्मक सत्यापन किया गया है, और इस संबंध में प्रकाशक एवं सहयोगी प्रकाशक किसी भी रूप में उत्तरदायी नहीं हैं।

ISBN 9789353491031

मुद्रकः रेप्रो इंडिया लिमिटेड

www.penguin.co.in

MIX
Paper from responsible sources
FSC www.fsc.org FSC® C047271

This is a legitimate digitally printed version of the book and therefore might not have certain extra finishing on the cover.

प्रिय दीदी

कमला सिंघवी

के लिए

आज तीस वर्ष बाद भी वही तो है, जो लिखवा रहा है मुझसे, उस लिखे का हर एक शब्द और उस तरह मुझे आत्मग्लानि से मुक्त करने के अपने इस उपक्रम में वह लौह-पुरुष अपनी ही कृति में अचल है। उसकी जिस काया को मैं बचा न सकी, उसके बदले यह 'शब्दकाया' मुझसे ले वह मुझ पर अन्तिम उपकार ही तो कर रहा है।

— 'शब्दकाया' से

क्रम

आत्मकथा

रामसिंग को पहले-पहल मैंने कब देखा, वह कहां से आया था, उसकी वय तब क्या थी — यह सब बताना शायद आज सम्भव न हो। हां, मुझे ठीक-ठीक याद है कि वह हमारे चांदनी चौक वाले घर (मेरी ससुराल) में था, जब 1963 में भारत-चीन युद्ध छिड़ने पर मैं उस घर में रह रही अपनी दो वर्ष की बेटी, अन्नु, को लेने भारत आई।

मेरा अन्नु को लेने आना, अन्नु का भारत और हमारा स्विट्ज़रलैंड में होना भी अपने-आप में एक कथा है, जो भुलाई नहीं जा सकती। अन्नु जब 8-9 महीने की थी, हम उसे उसकी दादी से मिलवाने भारत आए। वैसे भी हमें न्यूयॉर्क छोड़ स्विट्ज़रलैंड जाना था, जहां मेरे पति ने आई बी एम में नई नौकरी ली थी। किन्तु स्विट्ज़रलैंड में घर कठिनाई से मिलते हैं और हमारा नम्बर आने में कुछ देर थी। वे मुझे यहीं छोड़कर चले गए। उनके जाने पर उनकी मां एकदम बेहाल थीं। मेरे पति अपनी मां के एकमात्र बेटे थे। उनका बिछोह मेरी सास से सहन न होता। वे बीमार भी थीं।

पति के स्विट्ज़रलैंड प्रस्थान के बाद यह मालूम हुआ कि दूसरा बच्चा आने को है। बस तो क्या। मेरी सास, उनकी सात बहनें तथा अन्य परिजन बारी-बारी से कभी हंसके, कभी नसीहत दे मेरे पीछे पड़े कि मैं अपनी बेटी, अपनी पहली सन्तान अपनी सास के पास छोड़ दूं, तो उनका मन लगा रहेगा। पहले तो मुझे विश्वास नहीं हुआ कि कोई ऐसा कह भी सकता है। फिर डर लगा कि ये लोग अन्नु को मुझसे जुदा न कर दें। वे बहुत सारे थे, मैं एकदम अकेली और दूसरे बच्चे के गर्भ के कारण अस्वस्थ थी। तिस पर छोटा-सा घर। भारत की गर्मी।

ज्यों-ज्यों मेरे जाने का दिन निकट आने लगा मेरी सास का रोना और वेदना बढ़ने लगी। वे बार-बार यही कहतीं कि “अबके तुम जब लौटोगे, मैं नहीं रहूंगी”...इत्यादि सुनकर कष्ट होता। वे बताती रहतीं कि अपने बेटे को उन्होंने कितने कष्ट से पाला था। अपनी विधवा सास का यह विलाप मुझे सालता रहता। लगता, मैं बहुत स्वार्थी हूं। जिस दिन मेरा प्रस्थान था, उस दिन तो वे जैसे धरती पर बिछ गईं। बोलीं, “बहू तेरे तो एक और हो जाएगा, अन्नु को मुझे दे दे...।” ‘जिस मुख निकसत नाही’ के अपने स्वभाव से विवश और बड़ों के आशीर्वाद से अपने को वंचित करने के डर से डरी, मैंने विमान में बैठने से पहले अन्नु को उनकी गोद में दे दिया। और विमान में बैठने के बाद मुझ पर जो गुज़री, वह शब्दों में न बंधे तो ही ठीक।

समय निकलता गया। दूसरा बच्चा (पहला बेटा) रवि, स्विट्ज़रलैंड में पैदा हुआ। उसे देखती तो अन्नु और याद आती। कभी किसी बच्चे को ‘मम्मी’ कहते सुनती, तो ठगी रह जाती। मैं दो बच्चों की मां थी, पर मैंने अभी तक ‘मम्मी’ नहीं सुना था। जब अन्नु को छोड़ा, वह बोलना नहीं सीखी थी। रवि तो पांचेक महीने का ही था। इसी सब उदास करने वाली स्थिति के कारण हो सकता है, मेरा मन पीछे-पीछे समय में जाने लगा हो और कई सौ कविता के साथ या बाद, एक दिन एक कहानी आरम्भ की, जो होते-होते इतनी लम्बी हो गई कि छोटा-मोटा उपन्यास बोज्यू थी।

और तभी भारत-चीन के बीच युद्ध छिड़ गया। उन दिनों न तो घरों में टेलीविज़न होते थे, न विदेश से आप दनादन फोन कर सकते थे। मात्र पत्रों का सुभीता था और उन्हें भी आने-जाने में पूरा मास ही बीत जाता था। मेरे निरन्तर अन्नु-अन्नु की रटन से तंग मेरे पति ने भारत में ‘पूल ऑफ़िसर’ का पद स्वीकार कर लिया था (साइंटिफ़िक पूल), पर मैं रुकने को एक दिन भी तैयार न थी और उन्हें जाकर पद पर पहुंचने में अभी समय था। सो मुझे और पांच-छ: महीने के

रवि को उन्होंने इटली से पानी के जहाज़ में बैठाकर बम्बई के लिए रवाना कर दिया — बम्बई से दिल्ली तक रेल का सफ़र था।शब्दकाया

पानी की यह दुखदायी यात्रा कर और फिर ट्रेन से दिल्ली एक नन्हे बच्चे को साथ लेकर मैं पहुंच ही गई, इससे पहले कि दिल्ली पर (मेरी कल्पना में) कोई चीनी आक्रमण हो जाता और अन्नु को मैं खोज न पाती। अन्नु तब तक दो वर्ष से बड़ी हो चुकी थी। बोलने लगी थी। किन्तु जब उसे कहा गया कि 'यह तुम्हारी मां है' तो उसका वह भय मारा मुख देखते ही बनता था। वह आंख में आंसू भर कभी मेरी सास को देखती, जो अन्नु के लिए अब तक मां थी, कभी मेरी ओर। जब मेरी सास ने भी उसे कहा कि "हां, हां, अन्नु जाओ न, यह तुम्हारी मां है — तुम्हारी मम्मी है।" तो वह आहत बच्ची डरकर जिसकी गोदी में जा छुपी, वह रामसिंग था। और रामसिंग को जाने कैसे हमसे अधिक समझ थी कि वह सैर कराने के बहाने उस घबराई और डरी बच्ची को घर से बाहर ले गया।

रामसिंग जब तक हमारे पास रहा और जिया, मेरे और मेरे बच्चों के बीच ढाल बना रहा। उन्हें मुझसे, मेरी झुंझलाहटों और नासमझियों से बचाता रहा। बीच-बीच में ज़रूरी हो तो मुझसे ख़फ़ा भी हो जाता।

फ़िलहाल मैं ख़फ़ा थी। स्वयं से। जिस बच्ची की याद में एक वर्ष एक युग-सा बिताया, वह मुझे 'मां' नहीं मान पा रही थी। यह एक खीज और झेप का कारण तो था ही और अपनी इस पीड़ा में मैं अकेली थी। 'भाभो' (मेरी सास) अपने प्रेम से लैस थी और मैं अपने मां होने के अधिकार से। इस ठनाठनाई में बच्ची पर क्या न बीतती। मेरे लिए नियति का क्रूर उपहास भी था और आत्मग्लानि जैसा भी कि भावुकता के एक क्षण में मुझसे जो वर्ष-भर पहले हुआ उससे अब कितने प्राणी

प्रभावित थे — अबोध अन्नु, जिससे पहले उसकी एक 'मां' छूटी, अब दूसरी छूटने को थी, मेरी सास जो पहले अकेली थीं, अब अन्नु के मेरे पास आ जाने के बाद कितनी अधिक अकेली होंगी — और मैं मूढ़-सी इस सबका कारण भी थी और अवश भी।

शायद स्थिति इतनी गम्भीर नहीं थी, जितनी मेरे कवि मानस में उसकी स्मृति। कुछ महीने बाद जब पति दिल्ली लौट आए, तो उन्होंने ही निर्णय लिया कि दोनों बच्चे साथ पलेंगे और चांदनी चौक में अन्नु को अधिक नहीं छोड़ा जा सकेगा। अब तक मैं अपनी अति-उदार-मना जेठानी की अतिथि थी — जाहिर था कि उस घर में इतनी जगह नहीं थी कि एक और गृहस्थी बस सकती। सो पति के नौकरी संभालते ही हमने अपने लिए घर देखना आरम्भ किया। दिल्ली में घर भी इतनी सुभीता से मिलते नहीं। न ही उन दिनों दिल्ली में इतनी कॉलोनी बनी थी। मेरी मां के घर के पास एक घर ख़ाली था — उनके किसी परिचित का। मां की सहायता से वह हमें मिला और विवाह के 4 वर्ष बाद मैंने दिल्ली में अपना पहला घर जमाया — रोहतक रोड पर।

किन्तु चांदनी चौक छोड़ना अन्नु के लिए कितना दारुण रहा होगा, यह कौन जाने। यदि रामसिंग न होता तो जाने क्या होता? हम दो मांओं के बीच तीसरी और असली 'मां' — रामसिंग, अन्नु को बहलाकर हमारे साथ रोहतक रोड ले आया। गनीमत कि बच्ची अपने भाई से प्यार करने लगी थी और दोनों संग खेलते भी थे।

धीरे-धीरे मेरी इस छोटी गृहस्थी को चलाने वाला भी रामसिंग ही था। क्योंकि रोहतक रोड आने के कुछ ही महीने बाद जिस सूचना ने मुझे सुन्न कर

दिया, वह यह कि मैं एक बार फिर मां बनने वाली थी। उस समय मेरी वय मात्र 22 वर्ष की थी। जब मेरी मां को यह पता लगा, वे भी मुझसे नाराज़ हुई कि कैसे इतने बच्चे पालोगी। किन्तु आज की लड़कियों की तरह मेरी कल्पना में भी यह बात नहीं आई कि बच्चे की हत्या की जा सकती है। हां, यह प्रण अवश्य किया कि यह बच्चा हमारी अन्तिम सन्तान होगा। क्योंकि मैं स्वयं अन्दर तक दुखी थी और चिड़चिड़ी हो गई थी। रामसिंग ही दोनों बच्चों को तैयार कर नर्सरी स्कूल पहुंचाता, लाता और घर का सब काम करता।

इन्हीं दिनों मेरी पहली कहानी **धर्मयुग** में स्वीकृत हुई। स्विट्ज़रलैंड में लिखे हुए उपन्यास की चोरी पकड़ी गई और वह भी छपा। और मैंने दूसरा उपन्यास भी लिखा। जैनेन्द्र जी ने उसे पढ़ा, उन्हें अच्छा लगा और वह पूर्वोदय प्रकाशन से छपा भी। यह एक नई सुनीता थी, जो शायद गृहस्थी के घिराव से मेरा पलायन थी — मेरा बचे रहने का एकमात्र उपक्रम। जब दोनों बच्चे स्कूल में होते और छोटे को रामसिंग देखता, तब घंटों मैं कुछ लिख रही होती।

क्या था इस एकदम कृष्ण वर्ण मझोले क़द के तीसेक वर्ष के व्यक्ति में कि उसने मेरे सारे कामों को अपने सिर ओढ़ लिया। आज भी याद आता है वह, तो आंसू रुकते नहीं। बहुत कम बोलता था वह। बच्चों से बोलता था। उनका कोई भी काम उसे अरुचिकर नहीं लगता। न मैले कपड़े, न नहलाना-धुलाना, न बार-बार गीले बिस्तर को बदलना। किसी बच्चे के बिस्तर गीला करने पर यदि मेरा धीरज छूटता, तो वह कहता, "सीख जाएंगे, अम्मा। आपने कभी किसी को बड़े होकर गीला करते देखा है? ये भी नहीं करेंगे।"

कैसी अद्भुत बात, कितनी सरल उक्ति। ऐसा ही था वह। शायद बिहार का था। पूछने पर कहता, "हमारा कोई नहीं। यही तो अपने हैं अब।" और बच्चों के साथ उलझा रहता।

रोहतक रोड के घर की छत दो-तीन घरों से जुड़ी थी। एक छत से दूसरे मकान की छत पर जाया जा सकता था। छत पर बरसात के बाद कुछ क़ीमती सामान धूप लगवाने के लिए भेजा। शाम को उसमें से एक कम्बल चोरी हो गया। पति घर आए उन्हें पता लगा। रामसिंह पर सन्देह का तो सवाल ही नहीं था। किन्तु जाने कैसे और लोगों ने उनसे कहा, "पहले तो अपने घर के नौकर को पुलिस में दो। वे भी मान गए। पर ज्यों ही उन्होंने मुझसे कहा कि पुलिस को फोन करेंगे, मैं दोनों हाथ फैलाकर रामसिंग के आगे खड़ी हो गई और बोली, "यह गया तो मैं भी जाऊंगी इसके साथ !" वे मेरे इस दुस्साहस पर अवाक रह गए। क्योंकि मैं तब तक बहुत ही भीरु थी और कभी उनका सामना मैंने नहीं किया था। एक बार तो वे लाल-पीले होने को हुए, फिर उन्हें स्वयं समझ में आया कि मेरा आशय क्या है। रामसिंग मेरे पीछे से गिड़गिड़ करता रहा, "अम्मा, कोई बात नहीं। ले जाने दो पुलिस को।"

"नहीं रामसिंग, तुम नहीं जाओगे," मैंने रोकर कहा, "मैं रामसिंग पर इससे ज़्यादा क़ीमती चीज़ें वार सकती हूं। यदि यह चोर है, तो कोई ईमानदार हो नहीं सकता।"

मेरे इस अकस्मात रौद्र रूप से सारा घर सामान्य हो गया। पर एक उदासी थी जो मुझे बहुत दिन घेरे रही। उस दिन मैं और रामसिंग जिस रिश्ते में बंधे वह आज भी मेरे लिए वैसा ही है, यद्यपि रामसिंग को गुज़रे आज 30 वर्ष से अधिक हो गए।

इस घटना के कुछ ही महीने बाद हम फिर से अमरीका चले आए और रामसिंग मेरी जेठानी की गृहस्थी में लौट गया। जाते-जाते मैंने पूछा, "हम आएंगे तो तुम मिलोगे न?" "तो और कहां जाएंगे हम", कहकर वह बच्चों को बार-बार लिपटाकर रोने लगा।

और सच ही जब अमरीका से सात बरस बाद हम लौटे तो वह वहीं था। इन सात बरस में मैंने एम. ए. और पी-एच. डी. कर ली थी। कुछ दिन पढ़ाया भी था। आते ही इन्द्रप्रस्थ कॉलेज में मेरी नियुक्ति हो गई। सर्वोदय इनक्लेव का हमारा घर जो मेरी अनुपस्थिति में बना, मेरे कॉलेज से बहुत दूर था। प्रतिदिन 18 किलोमीटर जाने और आने में शाम हो जाती। अन्नु दसेक वर्ष की थी, रवि आठ-नौ और शशि सात का। तीनों को हिन्दी नहीं आती थी, मुझे समय नहीं था। ऊपर से नई-नई बीमारियां दिल्ली की — कभी पेट ख़राब, कभी वायरस, इन सब भीषण परिस्थितियों में मेरा एक ही कर्णधार था, रामसिंग। आज सोचती हूं तो अन्याय-सा लगता है — एक व्यक्ति पर यों लद जाना। मैं तो कठिनाई से शाम का खाना बना पाती थी। शेष सब वह देखता।

उसका बोझ हल्का करने के निमित्त मैंने घर के पास बने नए कॉलेज, अरविन्द में स्थानान्तर करवा लिया। और उसके बाद अरविन्द कॉलेज को भी छोड़कर आई. आई. टी. में नौकरी ले ली। किन्तु उसका बोझा घटा, यह दावा तो नहीं कर सकती। मैं जितने समय घर पर रहती भी तो कुछ-न-कुछ लिख रही होती या परीक्षा की कॉपियां जांच रही होती। मेरे बच्चों की फिर असली मां, हमारा रामसिंग ही था। यहां तक कि हमारा घर जब बना उसमें भी वह चौकीदार की तरह रहा, तभी निर्माण सम्भव हुआ। यह बात बाद में मेरे परिवार वालों ने मुझे बताई कि मेरे घर की एक-एक ईंट रामसिंग की देख-रेख में लगी। एक-एक सीमेंट की बोरी और लोहे की छड़ का उसने हिसाब रखा। क्योंकि हम लोग विदेश में थे और मेरी ससुराल में कोई भी इस योग्य नहीं था कि आकर मकान के निर्माण को संभालता। मेरे बड़े भाई ने मकान बनवा तो दिया, किन्तु चौबीस घंटे चौकसी पर जो रहा, वह रामसिंग ही था।

दुर्भाग्य कि हमारे भारत लौटने के बाद उसी मकान में रामसिंग बहुत दिन नहीं जिया। अब तक वह शायद चालीस बरस का हो गया था। ठीक से तो वह भी नहीं बता पाता कि क्या उम्र थी उसकी। उसकी दोनों टांगें धीरे-धीरे वक्र-सी होने लगी थीं। पहले भी बहुत सीधी तो नहीं थीं। यदि मैं अपनी व्यस्तताओं से इतनी घिरी न होती तो जल्दी ही भांप लेती कि उसकी तबीयत ठीक नहीं। किन्तु मेरे लिए तो वही लौह पुरुष था। उसके बीमार होने की बात की मैं कल्पना तक नहीं कर सकती थी।

जिस वर्ष वह गया, उस वर्ष उसका व्यवहार अटपटा होने लगा था। कभी-कभी आंखें लाल हो उठतीं और वह मुझ पर गुस्सा जाता कि काम ज़्यादा है। कभी खाना नहीं खाता। यदि वह सेवक न होता तो हम समझ लेते कि उसका रक्तचाप बढ़ा हुआ है। एक नासमझी थी मेरी, एक उस पर विश्वास। दूसरा वह कभी कुछ बताता भी तो नहीं था।

एक दिन वह उठकर नहीं आया। जाकर देखा तो सन्निपात जैसी स्थिति में था। पास के डॉक्टर को बुलवाया। उसने जो आकर कहा तो उससे मेरे हाथों के तोते उड़ गए। रामसिंह बचपन से अफीम जैसा कुछ खा रहा था। इधर उसकी मात्रा बढ़ा दी थी। उसका गुर्दा फेल हो गया है, डॉक्टर को ऐसी आशंका थी।

रामसिंग को सफदरजंग में भर्ती करवा दिया गया। मैं कॉलेज जाती, बच्चों को दिन का खाना बनाकर देती, भागकर शाम को उसे देखने अस्पताल जाती। आकर रोने लगती। फिर शाम का खाना, कपड़े धोना, घर की सफ़ाई, ख़रीदारी। पति का दफ़्तर शहर के दूसरे सिरे पर था। जल्दी जाते, देर से आते। बच्चे छोटे थे, होमवर्क से घिरे थे और मैंने कभी रामसिंग के अतिरिक्त किसी को रखा नहीं था। इतनी जल्दी मिलता भी कौन। और वह नहीं रहेगा, यह तो कोई मुझे कह देता, तो मैं ही फिर बिस्तर से उठती नहीं।

उसे देखने जाती रही। वह दिन-दिन 'कोमा' में जाता रहा। कभी-कभी बात भी नहीं होती। जो कुछ उसके लिए ले जाती, पास में रखकर चली आती। एक दिन एक नर्स मुझ पर झल्लाई कि 'इस मरीज के पास कोई घर का क्यों नहीं रहता?' यह बात एक तमाचे-सी लगी। जो सबसे अधिक हमारा था, हम ही उसके घर के न हो सके। हम दोनों नौकरी पर थे, सो कौन उसके पास रहता। उसका बक्सा खोलकर उसके सामान की पड़ताल की। पर किसी भी परिजन का कोई नाम-पता न मिला।

मुझे याद है, दशहरे की सुबह चार बजे का समय रहा होगा। वह सफ़ेद उजले कपड़ों में स्वस्थ, स्फूर्त मेरे सम्मुख मेरे स्वप्न में खड़ा था। मैंने ललककर कहा, 'रामसिंग तुम ठीक हो गए?'

'हां अम्मा, हम ठीक हो गए।'

और तभी दरवाज़े की घंटी बजी। मेरी आंख खुली। अस्पताल से तार था कि 'आपका मरीज़ नहीं रहा। आकर उसे ले जाइए।'

वह जाते-जाते भी मेरे पास आया था। सपने याद नहीं रहते। किन्तु उसका वह रूप, वह सपना आज भी ज्यों का त्यों साफ़ है। वहीं खड़ा है वह साफ़ धुले सफ़ेद कुर्ते-पाजामे में। रामसिंग यदि स्वर्ग नहीं गया तो कौन जाता होगा वहां?

आज तीस वर्ष बाद भी वही तो है जो लिखवा रहा है मुझसे, इस लिखे का हर एक शब्द। और इस तरह मुझे आत्मग्लानि से मुक्त करने के अपने इस उपक्रम में वह लौह पुरुष अपनी ही कृति में अचल है। उसकी जिस काया को मैं बचा न सकी उसके बदले यह शब्दकाया मुझसे ले वह मुझ पर अन्तिम उपकार ही तो कर ही रहा है।

दो

इस वर्ष 62 की हो गई हूं। कुछ एक महीने पहले कवि केकी दारूवाला के घर कुछ अंग्रेज़ी आलोचक और लेखकों का जमावड़ा था। ऋतु मेनन के पति मेरे पास बैठे थे। बातचीत के दौरान 'मैं रिटायर हो गई हूं' जैसी मेरी बात पर किसी ने अविश्वास प्रकट किया, तो मेरे मुख से निकला, "सबसे विस्मयजनक तो यह है कि मैं आज भी अपने किसी भी पहले दिन से अधिक बड़ी नहीं हूं" **(I don't feel older than any other day in my life.)** क्योंकि बात गढ़ने का मेरा स्वभाव नहीं, मुझे सदा बात कहने के बाद ही उसके अर्थ समझ में आया करते हैं। घर लौटते समय मैं अपनी कही बात पर सोचती रही। सच ही, यह कोई चेतना का ही गुण है कि वह उम्र से न घटती है, न बढ़ती है। उसका विस्मय और आनन्द अपार ही बने रहते हैं। रहे हैं...

शायद इसीलिए वे दोनों, आज लगभग पचास वर्ष के बाद भी मुझे ऐसे ही याद हैं जैसे किसी बड़े कलाकार की कृति को देख आप कभी नहीं भूलते — या एक बड़ी पुस्तक पढ़ने के बाद उसे जीते ही रहते हैं — जब तब। ये सब दूरियां पार कर पास आना, यह निकटता, स्मृति का अनोखा उपहार है — हमारी दरिद्रता और सम्पन्नता इसी के न होने या होने के अनुपात से तय होती होगी शायद। जितना याद में बना रह जाता है, वही तो बस जिया हमने।

मैं तब पन्द्रह की भी नहीं थी। अमृतसर से दसवीं करने के बाद दिल्ली भेज दी गई थी। उन दिनों दसवीं के बाद कॉलेज में प्रवेश मिलता था, किन्तु बी. ए. में नहीं, 'प्रेपरेटिरी' में। 'प्रेपरेटिरी', जिसे संक्षेप में हम 'प्रेप' कहते थे, के करने के बाद यह निर्णय लेना होता था कि अब किस तरह का बी. ए. करना है — 'पास कोर्स' या 'ऑनर्स' और यदि 'ऑनर्स' लो तो किस विषय में। प्रवेश की यह प्रणाली बी. ए. के लिए आज भी वैसी है — बदला है तो सिर्फ़ यह कि अब स्कूल में 10 के स्थान पर 12 वर्ष पढ़ना होता है। या बदला है, प्रवेश लेने वाली छात्राओं का रुख़, उनका 'एटिच्यूड'। आज ऑनर्स में न आ पाना इस बात का सूचक है कि आपके अंक कम थे और लाचारी में आपको 'पास कोर्स' में पढ़ना पड़ा, क्योंकि ऑनर्स नहीं मिला।

तब ऐसा नहीं था। यदि था भी तो मेरे लिए नहीं। मेरे परिवार में — या उन दिनों — कॉलेज में भर्ती लेने वाली हम लड़कियां स्वतन्त्रता के पहले दशक में पली थीं। अब तक पढ़ाई को खेल की तरह मैंने पढ़ा था। जब भी स्कूल से उत्तीर्णांक लेकर घर पर दिखाती कि 'प्रथम आई हूं' तो मां कहती, "ठीक है। हमें तो पता है पढ़ाई में तेज़ हो। पर जाओ अब खेलो..." कभी मैंने मुंह बनाया भी कि "बस, इतना-सा प्रोत्साहन भी नहीं," तो सब हंसकर कहते, "तुझे कोई नौकरी करनी है? हमारे यहां लड़कियों की कमाई नहीं चाहिए..."

जब बी. ए. का फ़ॉर्म लेकर मैं घर गई और भाई से पूछा, "क्या भरूं?" तो बोले, "कुछ भी भर दो, क्या फ़र्क़ पड़ता है..." मैंने अपनी अल्पबुद्धि से अनुमान लगाया कि पास कोर्स में चार विषय लेने होंगे — हिन्दी, अंग्रेज़ी व दो अन्य, किन्तु ऑनर्स में एक ही विषय होगा या तो हिन्दी या अंग्रेज़ी या कुछ और। 'कुछ और' विषयों में तो मेरा रुझान था नहीं। हिन्दी, अंग्रेज़ी ही विकल्प थे। और दोनों एक साथ केवल पास कोर्स में मिलते। सो मैंने वही ले लिया।

छात्रों के लिए कोर्स अदल-बदल करने की अवधि जब समाप्त होने को हुई तो एक दिन मुझे दाख़िला-अध्यक्ष ने बुलवाया। बोलीं, "तुम्हारी अंग्रेज़ी अच्छी

है। तुम पास कोर्स में क्या कर रही हो? तुम्हें मैं अंग्रेज़ी ऑनर्स दे सकती हूं।" मैं हक्की-बक्की उनकी ओर देखती रह गई। क्या अंग्रेज़ी बोलने की अदा थी — क्या व्यक्तित्व, क्या रूप और क्या नाम — रति बार्थलोमियो। पंजाब के छोटे शहरों में पली मैं जानती ही न थी कि एक महिला अंग्रेज़ी ऐसे भी बोल सकती है जैसे चाकू की तेज़ साफ़ धार। वे मेरे उत्तर की प्रतीक्षा में थीं। डरते ही सही, मैंने कह ही दिया, "किन्तु मैम, मेरी हिन्दी छूट जाएगी। उसे मैं नहीं छोड़ना चाहती।" इस बार विस्मित होने की बारी उनकी थी।

मैं जितने वर्ष बी. ए. के लिए इन्द्रप्रस्थ कॉलेज में रही रति बार्थलोमियो से एक अदृश्य आकर्षण में बंधी रही। जब वे अपनी दक्षिण भारतीय सूती साड़ी में मेरे पास से गुज़रतीं, मैं देखती ही रह जाती — और उनके माथे की चौड़ी बिन्दी। वे भी कनखियों से मुझे देख मुस्कुरा देतीं। यह कम बात नहीं थी। इतने बड़े कॉलेज में इतनी सारी छात्राओं के बीच रति जैसी प्रिय प्राचार्य को एक साधारण-सी दिखने वाली पास कोर्स की छात्रा का भान तक भी होना। वे कभी मेरी क्लास को पढ़ाने न आईं — इसका मुझे दुख अवश्य रहा।

एक अन्य प्राचार्य जो रति के ठीक विपरीत थीं, किन्तु जिन पर मैं उतनी ही जी-जान से मुग्ध थी और जो कभी मेरी क्लास पढ़ाने न आईं — वे — डॉ. मधुर मालती सिंह, हिन्दी विभाग की थीं।

रति जितना तेज़ चलती थीं, मधुर मालती उतना ही धीमे लहराती-सी, बालों में एक फूल लगाए तनिक बाएं को झुककर चलतीं — अपने में पूरी तरह आत्मलीन और शायद उतनी ही आत्ममुग्ध। उन्हें भी एहसास था कि जैसे ही

वे कॉलेज के गेट से अन्दर आतीं, इधर-उधर बैठी छात्राएं उन्हीं को देखकर सिसकारी-सी भरतीं। कई क़िस्से थे मधुर मालती के जो लड़कियां खुस-फुस करती रहतीं कि उन्होंने प्रेम विवाह किया, एक मोने सरदार लड़के, करतार, से जो स्वयं भी किसी कॉलेज में पढ़ाता है।

पास कोर्स की लड़कियों को रति और मधुर मालती जैसी प्राध्यापिकाएं नहीं मिलती थीं — जो मिलीं उनकी मुझे याद नहीं। पर ये जो मेरे प्रशिक्षण में शामिल न थीं, मानो मेरी सम्पूर्ण शिक्षा थीं। एक अंग्रेज़ी और दूसरी हिन्दी मूर्तिमान।

बी. ए. के पहले वर्ष से ही कविता प्रतियोगिताओं में मैं आने-जाने लगी। दूसरे वर्ष तक हिन्दी विभाग के लोग मुझे पहचानने लगे, क्योंकि मेरे साथ यदि कोई पुरस्कृत होता — जैसे पुष्पा (बाद में रमानाथ अवस्थी जी की पत्नी) तो वे सब हिन्दी ऑनर्स की छात्राएं होतीं। उन्हीं दिनों मधुर मालती ने भी मुझसे वही कहा जो कभी रति ने कहा था, "तुम पास कोर्स में क्या कर रही हो? तुम्हारी हिन्दी इतनी अच्छी है, लिखती भी हो...अभी भी स्थानान्तर किया जा सकता है..." उन्हें भी उसी तरह हकबकाए से देखा मैंने — महिला को ऐसा होना चाहिए — इतना दिलकश। वे भी मेरे उत्तर की प्रतीक्षा में थीं, और मैंने वही कहा जो रति को, "पर मैम, मेरी अंग्रेज़ी छूट जाएगी..."

उन्होंने मेरे उत्तर को कुछ भी समझा हो, वे मुझे बहुत प्यार करने लगीं। और प्रेम का यह सम्बन्ध कॉलेज छोड़ देने के बाद भी चलता रहा। मुझे मधुर मालती के बोलने का अन्दाज़ भी उतना ही प्रभावित करता था जितना रति का। किन्तु कितना अन्तर था उन दोनों के अन्दाज़ में — मधुर बोलतीं तो पहले उनकी नाक थोड़ी फड़कती-सी, फिर वे गला साफ़ करतीं, बड़ी धीरे-धीरे अपनी बात कहतीं — एक-एक शब्द का रस लेती हुईं, जैसे उनका कहा उनके सुनने की बात थी, न कि रति की तरह जो लक्ष्यबेधक बात कहतीं, नपी-तुली। मेरी इन

दो प्रिय भाषाओं के ये दो अलग अन्दाज़ आने वाले वर्षों में मुझमें से ही फूटेंगे, तब मुझे मालूम न था।

बी. ए. करते ही मैंने दिल्ली छोड़ा विवाह के साथ-साथ। कई वर्ष बाद जब मेरी रचनाएं सब जगह छपने लगीं तो मधुर से मिलने गई। वे अब इन्द्रप्रस्थ कॉलेज के प्राचार्याओं के लिए बने आवास में ही रहती थीं। उनकी दो जुड़वां बेटियों के बाद एक प्यारा-सा बेटा भी था। दो-एक वर्ष बाद पता लगा बेटा नहीं रहा। उनसे मिलने गई। वे कलसा गई थीं। वह नायिका-सा सौन्दर्य उनका धूमिल हो गया था। बड़े कष्ट में बताती रहीं — "मामूली बुखार था। डॉक्टर ने एंटीबायटिक दिए किन्तु यह नहीं बताया कि उनके साथ बच्चे को बी कॉम्प्लेक्स भी देना चाहिए। उन दवाइयों की वजह से ही उसे लुकीमिया हो गया — ब्लड कैंसर..."

समय के साथ वे फिर अपने में लौटीं तो — या मेरे लिए वैसी ही बनी रहीं। जब फोन करतीं, मेरी छपी किसी रचना का उत्साह से ज़िक्र करतीं। इस तरह से मुझे पढ़ाया नहीं तो भी वे मेरी साहित्यिक गुरु जैसी मेरे लिए रहीं।

1964 में जब मैं एक बार फिर विदेश जाने लगी तो उनसे मिलने गई। उनके घर के बाहर पहुंची, तो जैसे मैं ठिठकी रह गई — कहीं अपने भीतर। मुझे याद है उनके बंगले के बाहर छोटी-सी पानी की हौदी में कुमुदनी खिली थीं। भीतर भी बंगला कलात्मक था। मेरे आने से कुछ देर पहले ही वे पढ़ाकर पुस्तकें हाथ में लिये लौटी थीं। घर पर काम करने वाला एक दक्ष सेवक या सेविका थी — दो बड़ी हो रही लड़कियां। ठिठककर मैं खड़ी रही क्षण-भर। ऐसा होना चाहिए एक महिला को — इतना उद्विकासित (evolved) और

सफल। मेरे लिए मधुर मालती जैसा हो पाना एक बड़ा दिवास्वप्न ही तो था। यह इच्छा या आकांक्षा मात्र एक ऐसी आकाशबेल, जिसे मैं तो क्या ही छू सकती — मैं जो मात्र बी. ए. पास थी, मात्र गृहिणी थी, तीन छोटे-छोटे बच्चों की गिरफ़्त में एक ऐसी नारी जो कहीं से भी स्वावलम्बी हो ही नहीं सकती थी — इन्द्रप्रस्थ कॉलेज में लेक्चरर हो पाना तो असम्भव था मेरे लिए इस जीवन में। किन्तु मुझे याद है साफ़-साफ़ कि उस क्षण मैंने इच्छा की थी — काश ऐसा होता...

जाने क्या था उस इच्छा से भरे एक उस पल में कि उसके ठीक सात वर्ष बाद मैं उसी कॉलेज में लेक्चरर नियुक्त हुई — हिन्दी की नहीं अंग्रेज़ी की — और चाहती तो कभी-न-कभी, मधुर मालती वाला आवास भी मुझे मिल जाता, कॉलेज कैम्पस में। क्योंकि वे अपने प्राचार्य पति को कॉलेज में मिले निवास पर रहने चली गई थीं।

आज न रति इन्द्रप्रस्थ कॉलेज में पढ़ा रही हैं, न मधुर मालती — पर मधुर मालती के ही कॉलेज में रति बार्थलोमियो का विषय, अंग्रेज़ी, पढ़ाकर भी मुझे कभी नहीं लगा कि मैं उन दोनों के बराबर हो गई। वे सदा मेरी स्मृति में दो बड़े वृक्षों-सी हैं — रति देवदार-सी सीधी लम्बी नुकीली, और मधुर मालती कदम्ब-सी, जिसमें हर बरखा से पहले जाने कितने सुनहरी झुमके झूलने लगते हैं — कुछ रास के, कुछ विलास के।

मैं नहीं जानती कि ये दो महिलाएं एक-दूसरे की मित्र थीं भी कि नहीं — किन्तु मैं जानती हूं — जानने से भी अधिक जीती हूं, उन दोनों को — रति को अपनी अंग्रेज़ी के पठन-पाठन, चाल-ढाल में, दो टूक बोलने और खुरदरेपन में, मधुर मालती को अपने हिन्दी के आत्मसात में, साहित्य के इस लगातार चलते आ रहे सृजन में, अपने भीतर के रस में, राग में।

इन्द्रप्रस्थ कॉलेज में मेरा नियुक्ति पत्र मेरे हाथ में देते हुए प्रिंसिपल, मिस राम, ने कहा था, "तुम हमारी पहली छात्रा हो जिसने अमरीका से अंग्रेज़ी में पी-एच. डी. किया है। तुम्हें हमारे ही कॉलेज में पढ़ाना होगा।" किन्तु तब तक रति अवकाश ले चुकी थीं। मैं उनके पास जा कर यह न कह सकी कि 'उस दिन मेरा ललाट जिसने पढ़ लिया था, वह दूर-दृष्टि आप ही की थी।'

और हिन्दी में जब भी अपनी नई छपी पुस्तक देखती हूं तथा अपने अकेलेपन में सोचती हूं, 'ऐसा कौन है, जिसे यह दूं और देने पर वह प्रसन्न हो?' तो मधुर मालती याद हो आती हैं।

उन्हें अवश्य अच्छा लगता, गर्व भी होता अपनी इस मानस-शिष्या पर। शायद इसलिए भी कि मैंने जब-जब सम्भव हुआ, अपने घर से लेकर अपने फ़ार्म हाउस तक में हौदी ही नहीं, छोटे-छोटे कई जलकुंड बनाए, जिनमें अपने हाथों से कुमुदनियां रोपीं और उन्हें खिलते देखती रही हूं साल दर साल। आज तक।

रति और मधुर मालती जहां भी हैं, मुझमें हैं, मुझसे दूर नहीं।

तीन

1965 की ग्रीष्म ऋतु। हम अपने तीनों बच्चों के साथ अमरीका आ गए। सबसे छोटा बेटा, शशि कुल सात-आठ महीने का था। अमरीका यह मेरा दूसरी बार आना हुआ था। पहली दफ़े विवाह के तुरन्त बाद 1959 में। तब से लगभग सात वर्ष बीत गए थे।

न्यूयॉर्क के स्टोनी ब्रुक शहर में जिस यूनिवर्सिटी में मेरे पति पढ़ाने आए थे, आरम्भ के एकआध महीने हम उसी के गेस्ट हाउस... अस्थायी (**Trans accomodation**) आवास में रहे। यहां से ख़रीदारी के लिए एक 'ग्रोसरी स्टोर' पास में ही था। दोपहर में बच्चों को लेकर मैं वहां से फल-सब्ज़ी इत्यादि लेने जाती। उन दिनों अभी हमारे पास गाड़ी नहीं थी। यहीं दुकान में या आते-जाते मेरी पहचान कई भारतीय महिलाओं से हुई, जो मेरी तरह गृहिणियां थीं। लगभग सभी कुछ-न-कुछ कर रही थीं। कोई दुकान पर सेल्स गर्ल, कोई किसी फ़ैक्टरी में।

एक दिन साहस जुटा मैंने पति से कह ही दिया, "मैं कुछ करना चाहती हूं।"

वे अपने स्वभावानुसार कठोरता से बोले, "क्या?"

"कुछ भी। जैसे मिसेज़ बनर्जी, मिसेज़ शर्मा..."

"वे तो छोटी-मोटी नौकरी करती हैं — डेलीवेज पर।"

"तो?"

"वह नहीं कर सकती तुम।"

"तो क्या कर सकती हूं?"

"पढ़ा सकती हो किसी कॉलेज में। पर उसके लिए तो तुम अनपढ़ बराबर हो।" ऐसा ही कुछ कहा उन्होंने। कहीं गड़ गया भीतर तक।

सच मेरी वह बी. ए. जो अपने बाऊजी की मृत्यु के बाद, अपने परिवार से लगातार हाथापाई कर मैंने हासिल की थी, अनपढ़ जैसा ही होना तो थी। और वह भी कहां कोई करने दे रहा था। यदि मां बीच में न होती. तो मेरा विवाह बाऊजी के जाते ही बी. ए. के पहले या दूसरे वर्ष कर देते सब। कितनी रोई-झींकी थी एम. ए. करने को। "नहीं," सबने कहा था, "एम. ए. लड़की के लिए पी-एच. डी. लड़का कहां मिलेगा।"

पी-एच. डी. लड़का तो मिला। पर मैं अनपढ़ ही रह गई थी उसके अनुसार।

खैर! एक-डेढ़ महीने बाद जब हमें ढंग का घर किराये पर मिल गया, तो यह ज़ाहिर था कि बिना मोटरगाड़ी के चलेगा नहीं। घर ऐसी जगह था जहां आसपास कोई दुकान नहीं। तिस पर कोई-न-कोई बच्चा कभी-न-कभी डॉक्टर के जाता ही रहता चेकअप को। सो तय हुआ कि गाड़ी चलाना मैं सीगी। उन दिनों ये कुछ अधिक व्यस्त थे और मुझमें 'हौसला' कुछ ज़्यादा था। गाड़ी चलाने की ट्रेनिंग ले 10-15 दिन में जब लाइसेंस बन गया, तो अच्छे भारतीयों की तरह हमने जितने पैसे पास थे उतने में एक अच्छी हालत में पुरानी शेवरलेट गाड़ी ली। (इन्हें डर भी था कि नई-नई ड्राइवर है। कहीं मार-वार देगी टक्कर।)

गाड़ी चलाना ज्यों ही आरम्भ किया, पैरों की बेड़ी इतने वर्ष में पहली दफ़े खुली-सी लगी। और एक दिन जब मन किसी बात को लेकर बहुत ही तिक्त था, मैंने पास के घर में रह रही एक महिला से अनुनय की कि वे दो घंटे के लिए मेरे दोनों बेटों को देख ले। (बेटी अनु, केजी कक्षा में सुबह स्कूल जाती थी।)

बच्चों को उस महिला को थमा, मैं यूनिवर्सिटी का पता पूछते-पूछते अंग्रेज़ी विभाग में पहुंच गई। मैंने तब तक अनुमान लगा लिया था कि अपनी दिल्ली की बी. ए. पास कोर्स में केवल अंग्रेज़ी ही एक ऐसा विषय था, जिसमें शायद मुझे एम. ए. करने की अनुमति मिल जाए।

अंग्रेज़ी विभाग के डीन से कुछ देर प्रतीक्षा करने के बाद भेंट हुई। उन्हें बताया मैं क्यों वहां आई हूं।

वे बोले, "किन्तु हमारे यहां एम. ए. सबसे बड़ी डिग्री है अभी तक। हम इसे प्रोफ़ेशनल डिग्री मानते हैं। और आप कह रही हैं कि आप सात साल से गृहिणी हैं, तीन बच्चे हैं, तीनों पांच वर्ष से छोटे; आप कैसे कर पाएंगी'?

"क्यों नहीं कर पाऊंगी?" के मेरे हठ को देख उन्होंने पैंतरा बदला, "हमारे यहां आपके देश से अभी तक कोई विद्यार्थी अंग्रेज़ी में पढ़ने नहीं आया। साइंस में तो हैं। मेरे लिए आपकी बी. ए. को हमारी बी. ए. से आंकना बहुत कठिन है। यदि आप न चल पाईं तो..."

"तो आपको मुझे निकालना न होगा, मैं स्वयं छोड़ दूंगी।" और तब मेरे मुंह से वह निकला जो केवल तब निकलता है, जब मेरी सरस्वती मेरी जिह्वा पर आविष्ट होती हैं —

"डॉ. लडविग, मुझे दाखिला देकर आप तो केवल अपने डिपार्टमेंट की साख दांव पर लगाएंगे, मैं तो अपना जीवन लगा रही हूं..."

वे चुप बैठे रहे। फिर बोले, "आप पढ़ने को इतनी लालायित क्यों हैं?"

"क्योंकि जब कोई हेमिंग्वे, सॉल बेलो या शेक्सपियर कहता है तो मेरे मस्तिष्क में कोई खिड़की नहीं खुलती, मैं चाहती हूं कि इन खिड़कियों में तस्वीरें हों, जो इन नामों के लेने से मुझे दिखाई दें..."

तब मैं उठकर चली तो आई पर चलते समय प्रोफ़ेसर जैक लडविग ने मेरा हाथ अतिरिक्त दबाव में अपने हाथ में लिया।

अगले दिन मुझे एम. ए. में प्रवेश फ़ीस भर देने का सन्देशा मिला।

शाम को पति घर लौटे तो मैंने बताया, मैंने एम. ए. में प्रवेश ले लिया है। वे हकबकाए। कई समस्याएं थीं उनके सामने —

"बच्चों का क्या होगा? मालूम है, यहां बेबी सिटर कितने महंगे हैं।"

"मैं शाम की ही क्लासें ले लूंगी।"

"और इतनी फ़ीस? फेल हो गई तो डूबेगा सारा पैसा।"

"नहीं डूबेगा।"

वह एम. ए. मैंने डेढ़ वर्ष में समाप्त की। अपने साथ पढ़ रहे सभी लड़के-लड़कियों से जल्दी। और कितने आतंक में ! घर का सारा काम कर छोटे बच्चे को गोद में लेकर एक हाथ से दूध की बोतल थाम दूसरे से पुस्तक थामना। फिर शाम का खाना बनाकर मेज़ पर रख पति के घर आते ही क्लास में जाना। सर्दी के दिनों में बर्फ़ गिरी तो गाड़ी उसी में कई बार फंस गई रात को। किन्तु मेरे प्रभु की ही माया थी शायद

कि किसी-न-किसी ने सहायता कर गाड़ी ठेल दी — आज का अमरीका होता तो रात में अकेली महिला का जीवित बचना भी शायद कठिन होता।

और कठिन होता यह एम. ए. करना — कर पाना, यदि एल्फ्रेड केज़िन जैसे शिक्षक मुझे न मिले होते। प्रो. केज़िन का कितना मान है, वे कितने बड़े आलोचक हैं, यह सब मुझे नहीं ज्ञात था। ज्ञात था तो बस यह कि जब वे पढ़ाते थे, तो कमरे में एकदम (या मेरे मस्तिष्क में) प्रकाश होता था। यह किसी और कक्षा में नहीं होता था। जब मैंने उनके हर कोर्स में अपना नाम भरना शुरू किया तो वे मुझे बुलाकर एक दिन बोले, "मिसेज़ जैन, आपको औरों के भी कोर्स लेने चाहिए..."

"किन्तु सर, आपका ही अच्छा लगता है..."

"अच्छा लगता है इसलिए उसे 'आडिट' कर लो। एम. ए. में अलग-अलग तरह के कोर्स लेने से ही ज़मीन तैयार होती है..."

औरों के कोर्स केवल अंकों के लिए लेती रही। प्रोफ़ेसर केज़िन का कोर्स साहित्य के लिए। जब एम. ए. समाप्त हुआ तो, उस यूनिवर्सिटी, सन्नी, स्टोनी ब्रुक में अभी पी-एच. डी. का प्रावधान नहीं था अंग्रेज़ी में। विदा के दिन प्रोफ़ेसर केज़िन से अन्तिम भेंट करने गई। उस दिन हल्की-हल्की बर्फ़ गिर रही थी। चलने लगी तो बोले, "चलो तुम्हारी कार तक पहुंचा दूं।"

"नहीं सर, बर्फ़ गिर रही है। चली जाऊंगी।"

तब तक उन्होंने चार-पांच मोटी-मोटी पुस्तकें उठा लीं। बोले, "प्रकाशक मुझे कुछ-न-कुछ भेजते रहते हैं। ये तुम्हारे लिए हैं।"

प्रोफ़ेसर केज़िन उस समय पैंसठ वर्ष के अवश्य रहे होंगे। गाड़ी तक गए, पुस्तकें गाड़ी में रखीं। और 'क्या कहूं' दीन-सी मुझे विदा दी।

घर आकर देखा, वे सारी पुस्तकें बड़े-बड़े शब्दकोश थे, जिन्हें जुटा पाना मेरे लिए सम्भव न होता और जिनकी मेरे गुरु ने समझ लिया था, मुझे बहुत आवश्यकता है — आगे भी रहने को थी।

जीवन में केज़िन पहले नहीं थे, जिनसे इतना भरपूर मान मिला। जो भी मुझे उन-सा कद्दावर मिला, अति उदार मिला। सदाशयता और कल्याण कामना से ओत-प्रोत मिला। जो लघुमानव मिला, वह उतना ही अनुदार, ईर्ष्या और लोलुपता में जड़ मिला।

इस पढ़ाई के दौरान कुछ-न-कुछ ऐसा होता रहा, जो आज भी हैरत में डालता है — मसलन वहीं पास के एक कमरे में बैठकर फिलिप राथ का अपना प्रसिद्ध उपन्यास **डैगलिंग मैन** लिखना। साल बेलो की तभी-तभी तलाकशुदा पत्नी का मेरी क्लास में आकर बैठना और यह खुसफुस कि वह प्रोफ़ेसर लडविग की प्रेयसी थी। और ये दोनों साल बेलो के उपन्यास **हरज़ोग में पात्र** भी थे। और एक दोपहर — ब्लैक उपन्यासकार, राल्फ़ एलीसन को सुन मेरा इतना द्रवित और व्यग्र हो जाना कि अपनी एम. ए. की थीसिस के लिए मैंने जो विषय चुना वह 'अमरीका का ब्लैक साहित्य' था।

किन्तु इन सबसे भी अधिक अभिभूत करने वाली बात वह थी, जो मेरे एम. ए. कर लेने के बाद, विभाग की सेक्रेटरी ने मुझे बताई। बोलीं, "अब इस बात की गोपनीयता— 'कॉन्फ़िडेंशियल्टी' आवश्यक नहीं रही है, इसी से बता रही हूं। जिस दिन तुम, हमारे डीन, प्रोफ़ेसर लडविग से मिलने आई थीं अपने दाखिले के लिए, उस दिन तुम्हारे जाते ही उन्होंने बोर्ड की मीटिंग बुलवाई और उसमें कहा, 'मैं इस कैंडीडेट को प्रवेश देना चाहता हूं, क्योंकि मैंने आज तक ऐसा विद्यार्थी नहीं देखा, जो मात्र पढ़ने के लिए इतना आतुर और दृढ़ संकल्प हो।' प्रोफ़ेसर

लडविग की सिफ़ारिश पर ही बोर्ड ने तुम्हें 'प्रोविज़नल' एडमिशन दिया था कि यदि तुम दो सेमेस्टर में अच्छे अंक न प्राप्त कर सकीं, तो तुम्हारा प्रवेश रद्द किया जा सकेगा।"

आज प्रोफ़ेसर लडविग भी नहीं हैं, प्रोफ़ेसर केज़िन भी नहीं हैं, किन्तु उन दोनों की दी पुस्तकें मेरे पास हैं और एक 'सिफ़ारिस पत्र' [रिकमंडेशन लेटर जिसमें अन्य सब बातों के बाद एक वाक्य है — मिस जैन वांटिड टू लर्न इन दि बेस्ट ट्रेडिशन ऑफ़ एंड लर्निंग। **Ms Jain wanted to learn in the best tradition of & learning.]**

एम. ए. समाप्त हुई। और छः महीने बीत गए। बड़ा बेटा भी अब स्कूल जाने लगा। घर पर मैं और सबसे छोटा बेटा रह जाते। यह घर नया था, हमने बनवाया था। उसी के बग़ीचे में काम करते कुछ समय कटता, कुछ कविता करने में। अंग्रेज़ी में मेरी अटपटी कविताएं छपने लगी थीं। संख्या में ये काफ़ी थीं और बाद में मैंने इन्हें नष्ट भी कर दिया। भारत से चलने से पहले डॉ. प्रभाकर माचवे ने कुछ पते स्वयं ही मुझे दिए थे कि यहां कुछ छपने भेजना। अपनी कहानी 'बिरथा जन्म हमारो' का अंग्रेज़ी रूपान्तर 'ए वूमन इज़ डैड' **(A woman is Dead) एरीजोना क्वाटरली** में भेजी और वह छप भी गई। छपने भेजने से पहले जैक लडविग को दिखाई थी और उन्होंने ही उसका नामकरण किया था। उन्हीं के प्रोत्साहन से मैंने अपने पहले उपन्यास बोज्यू का भी अनुवाद किया और उसका नाम उन्होंने ही ए गर्ल ऑफ़ हर ऐज रखा।

यह सब तो चल रहा था पर मेरा 'अनपढ़' होना वैसा का वैसा था। एम. ए. की उपाधि ने मेरी नज़र में उसे कुछ बढ़ाया ही था, घटाया नहीं। और मैं भीतर तक उदास थी, जैसे बस किसी यात्री को अनजाने पड़ाव पर छोड़ दे और उसे समझ न आए कि अब क्या करे। हां, इतना समझ तो आ गया था कि कोई भी सड़क जीवन की, वापिस नहीं जाती — जा सकती। नहीं तो मैं दोबारा एम. ए. करने चली जाती।

सन्नी यूनिवर्सिटी इस बीच इस तेज़ी से बड़े-बड़े नामों में गिनी जाने लगी कि उसके विस्तार के साथ स्टोनी ब्रुक का वह छोटा-सा सोया-सोया शहर एकदम जाग उठा और नए-नए घर बनने लगे। ऐसा ही नया घर मेरे पास था और हमारे घर के चारों ओर बने नए घरों में से एक में एक आइन्स्टाईन नाम का परिवार था। क्योंकि मेरा घर सबसे पहले पड़ता था उसे पार कर ही बाक़ी के घरों की सड़क जाती थी, मिसेज़ आइन्स्टाईन एक दिन हमारे यहां रुकी और बोली, "मेरा एक ही बेटा है आपके बेटे जितना; क्या ये दोनों संग खेल सकते हैं..."

सो उनका आना-जाना होने लगा। बच्चे खेलते और हम यदा-कदा चाय पीतीं — मैं और डोरिस। वह अंग्रेज़ी की छात्रा रही थी, किन्तु पढ़ाई छोड़ उसे नौकरी करनी पड़ी, ताकि उसका पति आगे उच्च शिक्षा पूरी कर सके। "हमारे यहां अक्सर ऐसा होता है। लड़के आगे पढ़ते हैं महंगी पढ़ाई, और पत्नी नौकरी कर घर चलाती है। इसीलिए हमारा पहला बच्चा भी देर से हुआ — जब मेरे पति की पढ़ाई पूरी हो गई। उसको नौकरी मिलने पर ही मैंने नौकरी छोड़ी और हमारा बेटा हुआ।"

डोरिस आइन्स्टाईन बहुत ही सरल महिला थी। मेरी वय की या कुछ मुझसे बड़ी। एक दिन दोपहर में वह अचानक आ गई। मैं उस दिन हताशा के किसी कूप में इतने गहरी धंसी थी कि वह पूछ बैठी, "इतनी उदास क्यों हो तुम? तुम्हारे पास इतनी बड़ी डिग्री है, तुम लेखक हो..."

"क्या लाभ है इस डिग्री का, डोरिस।"

"क्यों?" वह बोली, "इसकी तो बहुत क़ीमत है।"

"मेरे लिए? बताओ, एक हिन्दुस्तानी महिला को यानी एक विदेशी महिला को जिसकी मातृभाषा अंग्रेज़ी नहीं, कौन अमरीकी अंग्रेज़ी पढ़ाने की नौकरी देगा?"

"यह तुम्हारा वहम है। सुनो, मैंने कल ही कहीं विज्ञापन देखा था। किसी कॉलेज को लेक्चरर की आवश्यकता है। तुम पत्र तो लिखो..."

"नहीं, कोई नतीजा नहीं निकलेगा।"

डोरिस नहीं मानी। ज़िद कर मेरे सर्टीफ़िकेट की कॉपी इत्यादि ले गई मुझसे। वह पत्र उसने उसी दोपहर डाक में छोड़ा। अगले दिन सुबह दस बजे (कुल 20 घंटे बाद) फोन बजा। अड़लफाई सफोल्क कॉलेज के डीन का फोन था कि आपकी एप्लीकेशन मिली है, आप आकर मुझसे मिलें। मैं कुछ देर तो खड़ी ही रह गई। डोरिस घर पर नहीं थी। सामने के घर में अपनी एक अन्य मित्र के पास मैंने बच्चों को संभालने का काम दे (ये कभी-कभी मेरे लिए बेबी सिटिंग कर लेती थीं) गाड़ी उस कॉलेज के रास्ते डाल दी। मन ने कहा, क्यों जा रही हो। साड़ी में तुम्हें देखते ही बात समाप्त हो जाएगी। तिस पर मुझे पता न था कि कॉलेज मेरे घर से 40 मील दूर था। पर नियति जब आगे दौड़ती है, तो व्यक्ति मात्र अनुसरण करता है। पानी के किनारे बना बेहद ख़ूबसूरत कॉलेज था। डीन मिले। मैंने बताया कि मुझे पढ़ाने का कोई भी तजर्बा नहीं। उन्होंने कहा, "पढाने से हो जाएगा।" मेरे सारे काग़ज़ देखने के बाद उन्होंने बड़े ही निर्णायक स्वर में कहा, "मिसेज़ जैन, मैं आपकी रेज्यूमी' से बहुत प्रभावित हूं। आपने न केवल अंग्रेज़ी में एम. ए. किया हमारे देश में, आप अंग्रेज़ी में लिख और छप भी रही हैं। हमारा कॉलेज एक प्राइवेट कॉलेज है। इसमें भर्ती होने के लिए छात्रों को बहुत पैसा देना होता है। पर सभी छात्र अच्छे अंक लाने वाले नहीं हैं। मैं चाहता हूं, आप यहां पढ़ाएं। इन छात्रों को इस बात से बहुत प्रेरणा मिलेगी कि उनकी भाषा पर किसी अन्य भाषाभाषी का इतना अधिकार हो सकता है।"

ऐसा तर्क! इतना गम्भीर और दूर तक देखने वाला। कहने को फिर कुछ रहा नहीं। घर लौटते समय मुझे यक़ीन नहीं हो रहा था "कि केवल वह एक काम, जिसे करने की छूट मेरे पति ने मुझे दी थी उसके योग्य मैं हो गई थी और वह काम मुझे अब करना था...

अपने इस सारे रोमांच के बाद भी उस रात मैंने अपने को बहुत अधीर और विचलित पाया। बार-बार भयभीत मेरा मन मुझसे पूछ रहा था, यह ठीक है। तुम्हें नौकरी चाहिए, किन्तु उन छात्रों का तो सोचो — यदि तुम न पढ़ा पाई तो उनकी कितनी हानि होगी। उनके साथ कैसा अन्याय होगा। फिर तुम्हें नौकरी अनिवार्य तो नहीं?

तब मैंने संकल्प किया कि इस बार 'प्रोविजनल' नियुक्ति मैं स्वयं को दूंगी, भले ही कॉलेज ने मुझे पूरे सेमेस्टर का कांट्रेक्ट दे दिया था, मैं केवल तीन दिन पढ़ाऊंगी — यदि पढ़ा पाई तो आगे पढ़ाऊंगी, नहीं तो त्यागपत्र दे, घर लौट आऊंगी। अपने, या अन्य किसी के प्रति, पैसे या महत्त्वाकांक्षा के कारण, बेईमानी नहीं करूंगी...।

यह मेरा 'मुझसे' पहला अद्भुत साक्षात्कार था। एक ऐसी सुनीता मेरे सामने थी, जिसका भीतरी आत्मबल अभी तक घर की चारदीवारी में ही नपा हो तो नपा हो। व्यक्तिगत स्तर पर निज अर्जित आत्मबल से इस संबला का मेरा भरपूर आमना-सामना था।

वह और बात कि तीन दिन में पहले दिन ही लाख गला बार-बार सूखने के बाद भी जब मैं शेक्सपियर के किसी नाटक पर अपनी कक्षा पढ़ाकर बाहर आई तो मुझे — नहीं मुझसे, मेरा अन्तर्मन यह बता रहा था कि इसी नियति को पूरा करने को तुम्हारा जन्म हुआ है। तुम जन्मजात शिक्षक हो, पढ़ाना तुम्हारे लिए कला है, जिसे सीखने की कोई अवधि नहीं।

यह अद्भुत ही है कि जिस सड़क पर मैं अपनी अस्मिता की छोटी-सी पोटली

लिये कभी हताश बैठी थी, वह सड़क तीस से अधिक वर्ष लम्बी निकली। और इसी वर्ष वह मेरे चाहने से समाप्त हुई है कि मुझे अब सृजन के लिए जीना है शेष जीवन।

इन तीस वर्षों में मैं अपने पति के प्रति बार-बार अनुगृहीत हुई हूं, जिन्होंने मुझे मेरी नियति की ओर प्रेरित किया। कॉलेज की नौकरी के मोह से भी उन्होंने ही एक वर्ष बाद मुझे छुड़ाया था यह कहकर, "अपनी शिक्षा पूरी करो। एम. ए. के बाद भी एक उपाधि है। उसके बिना तुम पर पैर रख लोग आगे निकलते रहेंगे। जो करना है, सदा उच्चतम करना चाहिए। पैसा बड़ा नहीं होता..."

और कुछ उनका डर, कुछ पी-एच. डी. में असफलता से डरी, मैं अगले वर्ष फिर से छात्रा हो गई। इस बार एक नई यूनिवर्सिटी, जहां हम थे — नेब्रास्का, और जहां पी-एच. डी. की उपाधि का प्रावधान था।

तो भी मैं अक्सर छात्राओं से कहती सुनी जाती हूं कि पिता की छत्रछाया में जितना पढ़ सकती हो पढ़ लो — यह पढ़ना और बात है, पति की सत्ता तले पढ़ पाना और बात।

चार

1972 की ग्रीष्म ऋतु। भारत लौटे दो ही दिन हुए थे। इन्द्रप्रस्थ कॉलेज के लेक्चरर की पोस्ट के लिए इंटरव्यू पर जाना था। उस वर्ष अंग्रेज़ी में पी-एच.डी. केवल दो आवेदकों के पास थी, डॉ. माला श्री लाल और मेरे। माला श्री लाल जीसस एंड मेरी कॉलेज में काम करने को हां कर चुकी थीं। मैं इन्द्रप्रस्थ कॉलेज पहुंची। अंग्रेज़ी विभाग से मिस खन्ना इंटरव्यू ले रही थीं। नहीं के बराबर पड़ताल करने के बाद वे बोलीं, "डॉ. जैन, आपने और कहां आवेदन दिया है?"

"परसों लेडी श्री राम में इंटरव्यू के लिए जाना है," मैंने बताया।

वे बोलीं, "आप इस वर्ष नम्बर एक कैंडीडेट हैं। जहां भी आप जाएंगी मुझे सिलेक्ट करना होगा। इससे हमारी कठिनाई बढ़ेगी। तो आप जहां काम करना चाहती हैं, उसका निर्णय कर लीजिए, मैं वहीं के लिए आपका सिलेक्शन कर देती हूं।"

इससे पहले कि मैं कुछ कहूं कॉलेज की प्राचार्या मिस राम बोलीं, "ये कहीं नहीं जाएंगी। यहीं काम करेंगी, क्योंकि ये हमारी छात्रा रही हैं। हमें इन पर गर्व है।" मिस राम के दिए इस मान के आगे मुझसे कुछ कहते न बना। उन्होंने मुझे रुकने को कहा और नियुक्ति-पत्र पर हस्ताक्षर करवाने के बाद ही जाने दिया। कौन छात्रा इस स्वागत से पुलकित न होती।

नियुक्ति तो हो गई पर वहीं से आरम्भ हुई मेरे कामकाजी जीवन के कई उपहास। पहला तो घर पर। जब पति को बताया कि मैं हस्ताक्षर कर आई हूं तो बहुत बिगड़े। "पूछा तो होता", बोले, "इतनी दूर जाओगी तो बच्चों का क्या होगा?" मुझे ध्यान ही न रहा था कि हमारा बनवाया घर कॉलेज से 18 मील दूर है। पहले तो दिल्ली इतनी बड़ी न थी। यह उपहास होता रहा कि ये जितने की नौकरी करती है, उतने से अधिक ड्राइवर, गाड़ी पर ख़र्च।

दूसरा उपहास कॉलेज में। मुझसे पहले पढ़ा रही अंग्रेज़ी की प्राध्यापिकाओं के समवेत यत्न से मुझे कोई भी अंग्रेज़ी ऑनर्स की क्लास पढ़ाने को न दी गई। न ही एम. ए. के कोई छात्र। मुझे हिन्दी ऑनर्स की 'सबसीडियरी' कक्षा पढ़ाने को दी गई। मुझे तो कुछ आपत्ति न थी।

किन्तु तीसरा उपहास कुछ अधिक ही दारुण था। मेरी नियुक्ति बेसिक (400 रुपये) और तीन इन्क्रीमेंट (40x3 = 120) यानी 520 रुपये मासिक पर हुई थी। कुछ महीने पढ़ाने के पश्चात पत्र मिला कि मेरा वेतन मात्र 440 रुपये होगा। जो अधिक पैसा अब तक मिला वह वापस करना होगा। मैं अवाक थी कि मुझसे 520 पर हस्ताक्षर करवा कोई 440 पर कैसे नियुक्त कर सकता है। मिस राम रिटायर हो चुकी थीं, नई प्राचार्या ने बताया कि वेतन विश्वविद्यालय की स्वीकृति से तय (**Subject to approval**) होता है और यूनिवर्सिटी इसका फ़ैसला करती है। मेरा वेतन उन्हीं ने निर्धारित किया है। बात 80 रुपये की नहीं थी, मैं हज़ारों डॉलर की नौकरी की अवहेलना कर भारत आई थी, तो पैसे के लिए नहीं आई थी। मुझसे कहा गया, मैं यूनिवर्सिटी पर केस कर दूं। मुझे यह सब करना कभी भी नहीं रुचता। पर मन तिक्त हो गया — इस बात से और भी कि संस्कृत वालों ने वाइस चांसलर के यहां धरना दिया था कि संस्कृत के पी-एच. डी. की नियुक्ति उस वर्ष 400 रुपये पर हुई और अंग्रेज़ी के पी-एच. डी. की 520 पर। जो भी हो, समझ बस यही आया कि नौकरी की जिसे दुनिया में मैं भूल से चली आई थी वहां नौकरी मिलना सहज था, सहकर्मियों के साथ चलना सहज नहीं।

फ़िलहाल सूचना मिली कि जिन छात्रों को कहीं दाख़िला नहीं मिलता,

उन सबके लिए एक नया कॉलेज खुला है, जो हमारे घर के ठीक पीछे था। जहां चाहती तो पैदल ही चली जाती। इन्द्रप्रस्थ से मोह भंग हो चुका था। यदि कोई थोड़ा-सा सहृदय वहां था, तो डॉ. अरुणा सितेश जो मेरी तरह ही दिल्ली यूनिवर्सिटी की एम. ए. या पी-एच. डी. नहीं थीं, इलाहाबाद से थीं।

कॉलेज से स्थानान्तर करवा अगले वर्ष मैं उस नए कॉलेज, श्री अरविन्द, में चली आई। चलते समय मधुर मालती सिंह से मिली। वे प्रसन्न न थीं। बोलीं, इतने स्तर के कॉलेज को छोड़ तुम कहां ऐसी रद्दी जगह जा रही हो, जहां ऑनर्स आते अभी वर्षों लगेंगे।"

न सही, मन ने कहा। यहां ही कौन ऑनर्स पढ़ा रही थी। फिर बच्चों के लिए कुछ समय बचेगा, गाड़ी का ख़र्च भी।

नहीं जानती थी आकाश का गिरा खजूर में ही अटकता है। रहा-सहा जो था वह खजूर के कांटों की कथा था।

नए कॉलेज में नया उपहास, "यार, यह अमरीका की पी-एच. डी. होती तो क्या यहां पढ़ाने आती। हो ही नहीं सकता। कोई ऐरी-गैरी डिग्री होगी।"

छात्र और भी माशाअल्लाह। गाड़ी मैंने स्वयं चलानी आरम्भ कर दी थी। कभी चार-चार लड़के उस अकेली गाड़ी पर बैठे मिलते, कभी टायर से हवा निकाल देते। मेरा अंग्रेज़ी का एक वाक्य भी क्लास में बोलना उन्हें बर्दाश्त न था। कहते, 'समझ नहीं आया।' तो पासकोर्स की उस मरियल-सी पाठ्य-पुस्तक का केवल हिन्दी अनुवाद उन्हें सुनाना होता था। अंग्रेज़ी तो मैं स्वयं ही जैसे भूलने लगी थी।

किन्तु नियति ने ही यहां लाकर खड़ा किया था मुझे — उसे अपनी चाल मालूम थी — मुझे न सही। वय में मुझसे कुछ बड़ी मेरी एक सहकर्मी, मिसेज़ शोरी एक दिन मेरे पास आकर बैठीं। बोलीं, "तुम्हारे पास पी-एच. डी. है। तुम पी-एच. डी. गाईड कर सकती हो। और मैं पी-एच. डी. करना चाहती हूं। यदि तुम आई. आई. टी. में नियुक्ति ले लो तो मैं वहां पी-एच. डी. में एडमिशन ले लूंगी तुम्हारे सुपरविज़न में...।" मेरी समझ में न आया यह आई. आई. टी. क्या है और वहां अंग्रेज़ी क्योंकर है।

उन्होंने समझाया। जब हम अमरीका थे, तब हमारे पीछे 1968 में यह स्थापित हुई। इसमें बी.ए. या एम.ए. की अंग्रेज़ी में उपाधि तो नहीं दी जा सकती, पर वहां अंग्रेज़ी पढ़ाने वाले, पी-एच. डी. छात्रों से शोध करवा सकें, ऐसा प्रावधान था। और पी-एच. डी. की उपाधि दी जा सकती थी अंग्रेज़ी में।

मिसेज़ शोरी के पति आई.आई.टी. के ही किसी विभाग में प्रोफ़ेसर थे। उन्होंने मुझे आवेदन-पत्र ला दिया। मेरे पति को भी यह बात अच्छी लगी। बोले, 'काम वहीं करना चाहिए जहां शोध-कार्य होता हो नहीं तो पढ़ाने वाला स्वयं अपनी विद्या भूल जाता है।'

आवेदन-पत्र भेज दिया। इंटरव्यू काल भी आ गई। मेरे पति वैज्ञानिक हैं। भौतिक विभाग में उनके कई पुराने सहपाठी आई. आई. टी. में थे। हमारे हितचिन्तकों ने सुझाया कि सिफ़ारिश के बिना इस देश में कुछ नहीं होता। करवानी चाहिए। मैंने कहा, "नहीं, कोई नहीं जानेगा मैं किसकी पत्नी हूं। मुझे भिक्षा में मिले वेतन पर घर नहीं चलाना।" मानती हूं, एक ख़ास तरह से सिरफिरी महिला हूं। पर यह अपना भीतरी अन्दाज़ था — इसे बदला भी तो नहीं जा सकता था। न अपने विश्वास को, न अपनी मान्यताओं को।

इंटरव्यू के लिए लगभग 11-12 प्रत्याशी थे। अधिकतर दिल्ली यूनिवर्सिटी के लेक्चरर। मैंने पूछा — आप क्यों आना चाहते हैं यहां। उन्होंने बताया कि

आई. आई. टी. में बढ़िया बंगला मिलने की सुविधा है। यह भी सूचना मेरे काम की न थी। मेरा घर पास ही में था। इंटरव्यू में मेरा नाम एकदम अन्त में था, शायद आवेदन-पत्र देर से भेजने के कारण।

दोपहर से होते-होते शाम के 6 बजने को आए। मन ऊब गया। अन्त में एक प्रत्याशी जब इंटरव्यू देकर बाहर आए और अपनी पुस्तकें उठाकर जाने लगे तो मैंने पूछा, "अन्त तक नहीं रुकोगे?" बोले, "कुछ लाभ नहीं होगा। आपको शायद नहीं पता कि जो एक्सपर्ट अन्दर है उसकी ही एक छात्रा के लिए यह स्थान रखा गया है। उसी की नियुक्ति होगी। आप भी जाइए...।"

विश्वास न हुआ। पूछा, "फिर इंटरव्यू क्यों दिया तुमने?"

"मुझे वेटिंग लिस्ट में नाम की उम्मीद है।"

वह चला गया और मैं सन्नाटे में आई बैठी रही। क्या इस देश में ऐसा होता है? क्या ऐसा होना सम्भव है कि क्षमता नहीं, सिफ़ारिश से शिक्षक नियुक्त होता है? मैं नौकरी की दुनिया में दूसरी बार ही तो निकली थी दिल्ली में। पास बैठे किसी और ने कहा, "इसीलिए तो बाक़ी के प्रत्याशियों को बस खाना पूर्ति करके भगाया जा रहा है जल्दी-जल्दी...ऐसा तो होता रहता है। — आपको नहीं पता क्या?"

"नहीं, न जानना चाहती हूं। और यदि ऐसा है भी तो भी," मैंने प्रण किया कि मैं कमेटी के मनोरंजन-मात्र को इंटरव्यू नहीं दूंगी। पर इंटरव्यू दूंगी, नहीं तो पति ही मेरे सात बजे घर लौटने पर कभी विश्वास न करेंगे कि मैंने इंटरव्यू नहीं दिया। यही कहेंगे, "सिलेक्ट नहीं हुई न?"

अन्तिम बुलावा मेरा आया। गई। बेहद हेकड़ी में।

एक नौकरी तो मेरे पास थी ही। तो हों दो-दो हाथ। भीतर जो दो-तीन जन थे, उनमें एक नाटे से थे, वे मेरी लाई पुस्तकें इत्यादि पलटने लगे। मुझसे उदासीन। दूसरे किसी ने (डायरेक्टर आई.आई.टी.) प्रश्न पूछा, "आप दिल्ली यूनिवर्सिटी के कॉलेज में पढ़ा रही हैं।"

"जी।"

"वहां आपको जो वेतन मिल रहा है, आप आवेदन-पत्र में उससे अधिक क्यों चाह रही हैं?"

"जो वेतन मुझे मिल रहा है, क्या वह मेरी योग्यता के अनुरूप है?"

वे ठगे से रह गए। प्रत्याशी उत्तर न दे, प्रश्न करे और वह भी खनकता-सा।

इससे पहले कि वे उबरें, उस नाटे से व्यक्ति ने एकाएक कहा, (हमसे नहीं, स्वयं से) "अद्भुत!" और फिर मेरी ओर देखा, जैसे पहले-पहले गौर से और बोले, "जो इतनी सुन्दर भाषा लिख सकता है, वह निस्सन्देह एक अच्छा शिक्षक होगा..."

और उन्होंने सबको मेरी लिखी, 'प्रेयरीस्कूनर' में छपी कहानी की कुछ पंक्तियां पढ़कर सुनाईं। नियुक्ति हुई। वह वेतन भी मिला जिसकी मैंने मांग की थी और जो दिल्ली यूनिवर्सिटी से मिल रहे वेतन से कहीं अधिक था। मेरी नियुक्ति के काफ़ी बाद मुझे उस दिन के एक्सपर्ट से मिलने का अवसर मिला। तब तक मैं जान गई थी कि ये **वी वी जॉन** थे, उन दिनों कहीं के वाइस चांसलर। मैंने अपनी नियुक्ति के लिए उन्हें 'धन्यवाद' जैसा कुछ कहा तो बोले, "क्यों? तुम सबसे योग्य थीं, **(You were the best)** मैं तो केवल अपना काम भर कर रहा था। **(I was only doing my job.)**"

यह सच था कि उनकी एक छात्रा, मिसेज़ चड्ढा उस दिन प्रत्याशी थीं; यह सच है कि उनकी नियुक्ति के लिए अनौपचारिक रूप से सर्वसम्मति हो चुकी थी; यह सच है कि हम आख़िरी के प्रत्याशियों को नियमों के तहत

बुलाया गया था, न कि नियुक्ति की नीयत से, किन्तु यह भी सच है कि वी वी जॉन जैसे अपने कर्तव्य-बोध और न्यायप्रियता से बंधे व्यक्ति अभी इस देश में थे — और हैं।

नियुक्ति तो उतने ही सहज रूप से हो गई, जितनी सहज इन्द्रप्रस्थ कॉलेज में हुई थी; उतने ही मान से। किन्तु यहां भी उसी दारुण स्थिति का नया रूप उजागर होना था, जिसे दो वर्ष की अपनी अब तक की कार्यावधि में देख चुकी थी। बस पात्र-भर बदले थे। वहां महिलाओं की क्षुद्रता थी महिला सहकर्मियों के प्रति। छोटे-छोटे छिपाव व छल थे। शरारतें थीं। यहां पैंतरे कुछ अधिक संगीन थे — इसलिए कि मर्दों के थे एक महिला सहकर्मिणी के प्रति — ऐसे मर्द जो योग्यता में हर तरह कम होने की खीज और मर्दों होने के दर्प सबब, स्वयं 7-8 घंटे पढ़ाते और नई नियुक्ति पाई मुझे 14 घंटे पढ़ाने को देते।

उन दिनों आई. आई. टी. में 98% पुरुष प्राध्यापक थे और 99% पुरुष छात्र। अपने विभाग में उस वर्ष मैं अकेली महिला थी। तिस पर क़िस्मत की मार कि पी-एच. डी., वह भी अमरीका से। ऊपर से कभी टीवी पर दिख जाती, कभी अख़बारों में। आई. आई. टी. में मैं जैसे गर्म तवे पर पैर रखकर चल रही थी।

किन्तु वी वी जॉन को भूली नहीं थी, न जैक लडविग को, न एल्फ्रेड केज़िन को, न दिल्ली यूनिवर्सिटी की डॉ. उर्मिला खन्ना को। अपने छोटे से कार्य-काल में मैंने जान लिया था कि यह एक धर्मयुद्ध है, जो लड़ना ही होगा। सच से अर्जित नैतिक मूल्यों और निरन्तर कर्मनिष्ठता से। अन्यथा एक ही विकल्प रह जाता, जो मेरे पति ने लिया था — यह सौगन्ध कि भारत या भारत सरकार के लिए कभी काम न करने की। वे सरकार से जिस पद के आश्वासन पर भारत बुलाए गए थे,

और जिस पर विश्वास कर उन्होंने अमरीका में अपनी (और मेरी) बनी-बनाई नौकरियां और घर-गृहस्थी उठा दी, वही पद उनके यहां पहुंचने से पहले किसी अन्य को दे दिया गया था।

उन्हें ऐसे प्रोजेक्ट पर रखा गया, जो देश की सुरक्षा से सम्बन्धित था। इस कारण उनका पासपोर्ट भी 'फ्रीज'-सा था। सुरक्षा नियमों के कारण वे अपनी मर्ज़ी से विदेश-यात्रा भी न कर सकते थे और इसी में हमारे ग्रीन कार्ड की अवधि समाप्त हो जाने से ग्रीन कार्ड स्थगित हो गए। पक्की नियुक्ति भी किसी-न-किसी बहाने जब टलने लगी, तो उन्होंने जाना, यह नौकरी छोड़ने में ही उनका कल्याण है अन्यथा वे भी अन्य कई वैज्ञानिकों की तरह भारत सरकार से मुक़दमा लड़ रहे होंगे, आधे विक्षिप्त हो जाएंगे; **'एक डॉक्टर की मौत'** के नायक जैसे।

सच उन्होंने फिर कभी भारत में नौकरी नहीं की और अन्त में विदेश चले गए। मैं अपने 'सिरफिरे' होने के कारण यह मानने को तैयार न थी कि देश को छोड़ देना एक विकल्प है। तो यहां कौन काम करेगा? इसी लड़ाई को यहीं लड़ना है, मैदान छोड़ना नहीं।

नहीं छोड़ा। 28 वर्ष आई. आई. टी. को दिए। अंग्रेज़ी में सबसे अधिक शोध-छात्रों को पी-एच. डी. करवाई, सबसे अधिक पुस्तकें लिखीं। पर तवा वहीं रहा, पैर जलते रहे। किन्तु काम अपना प्रमाण स्वयं होता है, उसे झुठलाया नहीं जा सकता उसे मानना होता है, माना गया।

फिर भी भारत में 30 वर्ष की यह नौकरी एक ऐसी नौकरी-संस्कृति में रहना हुआ, जिससे पिछले वर्ष मिली मुक्ति एक बड़ा त्राण है, बड़ी राहत कि कुछ समय बचा रह गया — कुछ स्थायी और मूल्यवान, काम को।

वह बात और है कि आज भी किसी अमरीकी हवाई अड्डे पर जब कोई अपरिचित-सा पास आकर रुकता है और कहता है, "आप सुनीता जैन हैं न?" तो विस्मय और आनन्द होता है। जानती हूं वह कहेगा, "मैं आपका छात्र था आई. आई. टी. में," फिर पास खड़ी अपनी पत्नी से मिलवाएगा या दोस्त से; उनसे कहेगा या मुझसे ही, "आपके कोर्स को बहुत एन्जॉय किया। उसी से मैंने साहित्य का मर्म सीखा..."

तब एक कहानी, एक सत्य कथा याद आती है उस यात्री की, जो रेल के सफ़र में मुट्ठी भर-भरकर खिड़की के बाहर सूरजमुखी के बीज बिखेरता जाता था। किसी ने जब पूछा, "क्यों?" तो बोला, "देखो कितना वीराना है। अगली बार जब यहां से गुज़रूं, तो क्या पता कोई फूल खिला हो पटरी के आसपास।"

जो वीराना एक-एक कर पति, बेटी और बेटे के अमरीका बस जाने के बाद जीवन में रहा है, पूरे बीस बरस से, उसमें कुछ तो फूल सूरजमुखी के खिले होंगे ही मेरे इस प्रिय देश की इतनी ऊसरता में।

पांच

डॉ. कमला रत्न म को यों तो मैंने सातवें दशक में देखा था — वे किसी पुस्तक के विमोचन में आई थीं और अपने प्रभावशाली व्यक्तित्व के कारण दूर से ही पहचानी जाती थीं, किन्तु उन्हें ठीक से — निकट से जानना तभी हुआ, जब डॉ. पेरल रत्नम रूस के राजदूत पद से निवृत्त हो भारत लौट आए और अपने स्थायी निवास-स्थान तिकोनिया पार्क, हौजखास के पास रहने लगे। यह घर मेरे घर के बहुत निकट था और जब कुछेक वर्ष बाद डॉ. पेरल रत्नम नहीं रहे, तो कमला जी बहुत उदास और अकेली हो गईं। वे दोनों सच ही एक भव्य दम्पति थे, दोनों छः फुट से ऊंचे। कई-कई भाषाओं और कलाओं में पारंगत — भारत के सही राजदूत कहीं भी।

कमला जी कभी-कभी फोन कर अपने घर बुलवा लेतीं मुझे और अन्य लेखिकाओं को भी। उनके घर जाना अच्छा लगता और उनसे डर भी लगता, जैसे किसी शिक्षा संस्थान के प्राचार्य से। उन्हें भी हमारा यों अभिभूत होना अच्छा लगता। वे तरह-तरह के क़िस्से और अद्‌भुत बातें बताती रहतीं अपनी विदेश-यात्राओं की। उनके घर की दीवारें उनके लाए क़ीमती गलीचों और कलाकृतियों एवं अन्य साज-सामान से सजे रहते। सबसे अद्‌भुत उनका निजी पुस्तकालय था। किसी के पास इतनी पुस्तकों की विपुलता हो सकती है, यह मेरे लिए स्वप्नातीत बात थी। वे कभी-कभी दुखी होतीं। उनका बेटा, भारत, और बेटी — दोनों देश के बाहर थे। वे खिन्न होतीं कि अब इस शुद्ध भारतीय घर का क्या होगा, जब कि बच्चों को विदेश का मोह है। कभी-कभी वे कहतीं, "यदि भारत यहां नहीं रहेगा, तो पेरल जी के बनाए इस घर को मैं चिन्मय मिशन के नाम कर जाऊंगी।"

उनके घर किसी शाम हम थे। बातचीत के सिलसिले में उन्होंने मुझे दो बार किसी शब्द को लेकर मेरे उच्चारण के कारण टोका। उच्चारण तो शुद्ध हो गया, किन्तु मेरी अपने पर झेंप बनी रही। कोई बहाना काम न आया कि यह सब अमरीका के लम्बे प्रवास के कारण हुआ। वहां धुआंधार हिन्दी बोलने को तो मिलती ही नहीं थी — साहित्यिक भाषा तो छोड़ ही दें। तिस पर जो जैसी बंगाली, गुजराती, पंजाबी या गुलाबी हिन्दी बोलता था, उसका कुछ-न-कुछ असर स्वयंमेव मुझ पर भी होता। घर आकर मैं कुछ देर सोचती रही कि क्या करना होगा। हिन्दी तो दोबारा सीखी नहीं जा सकती। पर कुछ 'सीखने' को मेरा मन था — अवकाश भी। बेटी एक वर्ष पहले और बेटा उसी वर्ष अमरीका चले गए थे, उनके साथ-साथ मेरे पति भी। मैं अकेली थी छोटे बेटे के साथ, जो अब 17 वर्ष का था। उसे भी तो मेरी आवश्यकता नहीं थी, जैसे छोटे बच्चों को होती है।

मैंने अगले दिन सुबह कमला जी को फोन किया, "कमला जी, मैं संस्कृत सीखना चाहती हूं।"

वे बहुत प्रसन्न हुईं। मैंने कहा, "कौन सिखाएगा?"

उन्होंने कहा, "तुम्हारा निश्चय यदि दृढ़ है तो सिखाने वाला मैं ढूंढ़ दूंगी।"

इस बीच मुझे एन. सी. ई. आर. टी. के माध्यम से किसी ऐसे व्यक्ति का पता लगा, जो संस्कृत सिखा सकते थे। उन्होंने कहा कि उनके घर मुझे जाना होगा। मैं शाम चार बजे उनकी बताई पुस्तकें लेकर पहुंचती। वे बातों में उलझाए रखते। तीसरे दिन पढ़ाने के बहाने उन्होंने मेरे हाथ पर अपना हाथ रख दिया। मेरी संस्कृत शिक्षा की यहीं इति हो गई।

यह भी लगा कि कमला जी भी भूल गईं। धीरे-धीरे मैं भी भूल ही जाती, किन्तु एक दिन मेरे द्वार पर एक तीस वर्षीय युवक खड़ा था, जो पतला-दुबला होने के कारण बालक-सा अधिक था। अपनी सीमित हिन्दी में उसने पूछा, "आप संस्कृत पढ़ना चाहती हैं?"

"जी।"

"मुझे कमला रत्नम ने भेजा है तुम्हारे पास।"

मैंने भीतर बैठाया। अपने से कहीं बड़ी शिष्या और उसके घर को देख उपजे आतंक को मेरा यह नन्हा गुरु बार-बार मुझे डपटकर शान्त कर रहा था।

"संस्कृत सीखना बड़ी तपस्या है।"

"जी, जानती हूं।"

"प्रतिदिन ठीक से पढ़ना होगा।"

"आप पढ़ाएंगे तो पढ़ूंगी..."

"ठीक है। घर में रामायण है? वाल्मीकि कृत।"

"जी नहीं।"

"हितोपदेश है?"

"नहीं।"

"ठीक है। मैं लाऊंगा।"

पढ़ाने का समय तय हो गया। चलने से पहले बोले, "कितनी ट्यूशन दे सकती हैं?"

"आप बताइए।"

"पढ़ना तुम्हें है तुम बताओ..."

मैंने बताया।

वे क्षण-भर को चमत्कृत-से हुए। बोले, "ठीक है। कल आऊंगा। स्नान इत्यादि करके रखना। धरती पर बैठकर पढ़ना होगा।"

यह अद्‌भुत भेंट थी — एक ऐसा अनुभव, जो अप्रत्याशित तो था ही, आह्लादकारी भी था। टूटी चप्पल, घिसी पैंट के पीछे कई पेबन्द किन्तु लगभग लाल आंखों में कैसी ज्वाला — कितना आत्मविश्वास और कितना भय जैसा, हम दिल्ली वालों से। मेरे बालक-गुरु, लालबहादुर शास्त्री संस्कृत विद्यापीठ में पी-एच. डी. के अन्तिम वर्ष में थे। अपना शोध-ग्रन्थ लिख रहे थे। जाहिर था, उन्हें पैसे की ज़रूरत थी।

अगले दिन सुबह जब वे आए तो पढ़ने का स्थान तैयार था। एक चौकी पर मेरी कॉपी-पेंसिल थी। दो आसन बिछे थे। उनके बैठ जाने पर मैंने उनके पैर छुए और कहा, "गुरु जी, मैं काफ़ी मन्दबुद्धि हूं। हो सकता है जल्दी-जल्दी सीख न पाऊं।"

बोले, "कोई बात नहीं। बैठो, मैं पढ़ाऊंगा।"

कई स्तुतियां उन्होंने गाईं। वाग्देवी की, गणेश जी की व अन्य। बोले, "सब सीखना होगा। प्रतिदिन सुनूंगा एक"। बहुत मधुर कंठ था उनका और मैंने तो कॉलेज के ज़माने के बाद कभी फ़िल्मी गीत भी नहीं गाए थे। उन्होंने फिर कुछ श्लोक पढ़े, बोले, "मेरे साथ-साथ बोलो..." मेरी ग़लती पर हुंकार-सी भर वे फिर सिखाते और अन्त में रामायण का पाठ आरम्भ हुआ...

एक-आध घंटा पढ़ लेने के बाद मुझे लगा, वे कुछ विचलित से हैं। ध्यान से देखा

तो लगा जैसे मूर्च्छना-सी आ रही है। तीन बच्चों की मां हूं, एकाएक लगा, "अरे, इन्होंने तो कुछ खाया ही नहीं लगता।'

किसी बहाने उठी। उठकर रसोईघर गई। एक गिलास दूध लाई। वे चौंके।

"क्यों? ज़रूरत नहीं।"

"ले लीजिए। मेरे बेटे का नाम भी रवि है (गुरु जी का नाम भानुमूर्ति) वह भी विदेश में है। मैं समझूंगी, मेरे रवि ने पिया।"

उन्होंने दूध और नाश्ता स्वीकार किया। मेरी आंख भर आई।

बहुत महीनों बाद वे जब कुछ स्वस्थ हो चले और मुझसे ममता करने लगे तो बोले, "जानती हो तुम्हें जब पहली दफ़े देखा, तो मुझे लगा यह क्या संस्कृत पढ़ेगी! दो-एक दिन में छोड़ देगी। उस दिन मैं पढ़ाने को विशेष उत्सुक न था, किन्तु तुम्हारी विनय रज्जू ने मुझे बांध लिया। ऐसी श्रद्धा अब कहां है। गुरु का ऐसा मान इस शहर में दुर्लभ है।"

जब महीना समाप्त होने पर 'ट्यूशन' उनके पैरों पर रखी तो वे हंसे।

"जानती हैं, जितना तुमने कहा मैं तो उससे आधे पर पढ़ाने आया था। अब तो तुमसे कुछ भी लेने की इच्छा नहीं होती। मैं वैसे ही पढ़ाऊंगा... पर एक गुरु-दक्षिणा देनी होगी..."

"जी, गुरु जी।"

"जब सीख जाओ तो प्रतिदिन रामायण का पारायण करना होगा।" मैं दुविधा में चुप रही। महिलाएं निवृत्त होने से 'पहले प्रतिदिन' का संकल्प नहीं ले सकतीं, यह मेरा संस्कारी व्यवहार जानता था। जाने कैसे उन्हें मेरी

दुविधा का भान हुआ। बोले, “अच्छा, जिस दिन न पढ़ सको उस दिन दर्शन अवश्य कर लेना। कुछ तो ऐसे भाग्यहीन हैं, जिन्हें रामायण के दर्शन तक नहीं होते...”

व्यक्ति का ‘होना’ बहुत कुछ उसकी भाषा-क्षमता में निहित होता है। किन्तु भाषा को भाषा की तरह सीखने वाला व्यक्ति मात्र ‘दक्ष’ होता है (**skillful**)। भाषा को प्रेम करने वाला व्यक्ति दक्ष न भी हो तो भाषा का सम्पूर्ण संस्कार आत्मसात करता है।

अब तक के मेरे भाषा-प्रेम ने मुझे बहुत दिया था। अंग्रेज़ी से मैंने श्रमशील, एकनिष्ठ, ज़िम्मेदार गत्यात्मक और पारदर्शी होना पाया था। हिन्दी ने मुझे रसमय, विनयशील और जीवन के प्रति कौतुक से ओत-प्रोत किया था। अब एक ऐसा भाषा-संसार मेरे सामने था, जिससे मैं चालीस जमा कुछ की अपनी तब की वय में पहली बार रू-ब-रू थी — एक ऐसा भाषा-संसार जो मुझे विस्मय, आनन्द और एक दिव्य निरन्तरता का बोध दे रहा था। रामायण से लेकर कालिदास तक, वाग्देवी वन्दना से लेकर कंठस्थ किए कनकधारा स्तोत्र तक। और मैं वृक्षों की अडिगता से बांसों का लचीलापन सीख रही थी।

मैं स्वीकार करती हूं कि मेरा यह संस्कृत का आत्मसात था, संस्कृत का सीख पाना नहीं। सच ही वह मुझे बहुत कम आ पाई, नहीं के बराबर। यद्यपि मेरे नन्हे गुरु मुझे सिखाने को कटिबद्ध थे, कभी-कभी तो सुबह 6 बजे से ही मेरे घर के सामने के बग़ीचे में बैठ जाते और चक्कर लगाते रहते इस प्रतीक्षा में कि आठ बजे और मेरी शिक्षा प्रारम्भ हो (यह उन्हीं ने मुझे बताया बाद में...)।

किन्तु मुझे अपनी सीमा का ज्ञान था, अपनी सीमाएं मुझे कभी लज्जित नहीं करती हैं। उन्हें पहचान कर ही उनमें सहज जी लेती हूं। फिर भी कान निरन्तर संस्कृत सुन रहे थे, आंख पढ़ना सीख रही थी, कुछ पाठ पहचाने हो गए थे, मेरे

लिए यह कम न था। और यह बोध भी कम नहीं कि यदि अंग्रेज़ी पढ़े-लिखे को हमारे देश में एक वर्ष भी संस्कृत पढ़ने को मिल जाए, तो उसके व्यक्तित्व और चरित्र की बहुत-सी दरारें स्वयमेव भर जाएं। उसे वह भूमि हाथ लग जाए, जिसके बिना वह स्थिरता नहीं पाता, स्थिर हो नहीं सकता।

कमला जी अब जब मिलती कहतीं, कुछ सुनाओ। और मेरे पाठ से प्रसन्न दिखतीं। बीच-बीच में कहतीं, भानुमूर्ति से कहना इस शब्द का उच्चारण यह नहीं, यह है। मेरे गुरु जी आन्ध्रा के थे। सुनकर गुस्सा करते। इसलिए अक्सर मैं उन्हें कुछ न कहती।

शाम को या किसी पर्व पर सुबह, वे मुझे आर. के. पुरम के बाला जी मन्दिर ले जाते। वहां सब स्तुति हम दोनों मिलकर गाते। मन्दिरों की अलौकिकता उनकी अन्तःशक्ति और अद्दश्य ऊर्जा-प्रवाह का बोध, मुझे पहली दफ़े हुआ। मेरे पिछले जन्मों की संचित कोई आस्था मुझे आच्छादित करती चली गई।

एक दिन गुरु जी ने **गीत गोविन्द** की प्रति मेरे हाथ में रखी। बोले, “यह मैं नही पढ़ाऊंगा। यह पढ़ने की चीज़ है, स्वयं पढ़ो।”

उन दिनों वे अपनी शिक्षा समाप्त करने में व्यस्त थे। सर्दी के से दिन थे। कॉलेज से लौट अपराह्न धूप में बैठे-बैठे मैंने **गीत गोविन्द** पढ़ डाला, उससे एक वर्ष पूर्व कलकत्ता की एक मारवाड़ी मित्र, सरोज ने मुझे **गीत गोविन्द** के हिन्दी रूपान्तर की संगीतबद्ध एक टेप सुनने को दी थी। वह कम अद्भुत नहीं थी। अब संस्कृत में उसका मूल और हिन्दी में सुने उसके संगीत का सम्मिलित कुछ ऐसा ज्वार या ज्वर मुझमें उठा कि सारा ब्रह्मांड संगीतमय हो गया — मानो राधा मुझमें काया प्रवेश कर गईं और पन्द्रह दिन तक न खाने, न पीने की, न सोने की

स्थिति में जो उन्मादजनित निरन्तर रचना हुई, सौ से ऊपर गीत या कविता की, वह, **रंगरति**, मेरी हिन्दी को दी, दो या तीन बड़ी रचनाओं में से एक है — बड़ी सांसारिक अर्थों में नहीं, प्राण अर्थ में। वैसी रचना और वैसा रचना-ज्वर किसी भी रचनाशील व्यक्ति के लिए उसके रचनाकार होने की सार्थकता है — शायद बड़ी कसौटी भी। **रंगरति** को लिखने के किसी भी अर्थों में, मैंने नहीं लिखा, वह मुझसे बस 'लिखी' या लिखवाई गई।

मेरे बाबू जी, डॉ. विद्यानिवास मिश्र को पता था, मैं संस्कृत सीखने का यत्न कर रही हूं। वे मुस्कुराते — जैसे कि स्थिति का रस या आनन्द लेते हुए उनको अक्सर मुस्कुराते देख सकते हैं। **रंगरति** पढ़कर वे द्रवित हुए; उसकी भूमिका में उन्होंने जो लिखा, वह **रंगरति** से भी अधिक सारगर्भित और रसमय है।

इस बीच मुझे एक बड़े ऑपरेशन की आवश्यकता पड़ी, मेरे गुरुजी की पी-एच. डी. भी इसी वर्ष पूरी हो गई। उपाधि मिलने के समय जो पट्ट मिला वह उन्होंने मुझे ही दे दिया। किन्तु वे प्रसन्न न थे। डरे हुए थे। अब तक विद्यापीठ के छात्रावास में रहने का सुभीता था। 500 रुपये छात्रवृत्ति भी मिलती थी। घर पर विधवा मां थी। छोटे भाई थे 4-5। और संस्कृत वालों की नौकरी का कोई ठीक नहीं था। यद्यपि अपने बेटे रवि, का हवाला दे-देकर मैं उनकी सभी आर्थिक कठिनाई पहले से भांप कर दूर कर रही थी, किन्तु मेरा होना नौकरी की बराबरी तो नहीं कर सकता था।

उन्होंने अपना सामान छात्रावास से उठाकर कामाक्षी मन्दिर के किसी कमरे में रख लिया था। मेरे अतिरिक्त ग्रीनपार्क में एक सात-आठ वर्ष के मेधावी बालक को पढ़ा रहे थे, जो किसी पब्लिक स्कूल में पढ़ता था और यह बालक अब अपनी संस्कृत के कारण कितनी ही प्रतियोगिताएं जीत रहा था। मुझे सुनकर अच्छा लगता। सोचती यदि मुझे तब ज्ञान होता, जब मेरे बच्चे छोटे थे, तो ऐसे ही घर पर अलग से संस्कृत सीखते।

गुरु जी लगातार आवेदन-पत्र भेज रहे थे। एक दिन बहुत ही दुख और रोष से बोले, "मात्र तीन पोस्ट ख़ाली हैं; और सूचना है कि साढ़े तीन सौ आवेदन-पत्र आ चुके हैं।" मेरी दी कोई सान्त्वना उन्हें शान्त न कर सकी। वे राम जी के अनन्य भक्त थे। मैंने कहा, "आप अपने राम पर तो भरोसा कीजिए, आप ही तो कहते थे कि ईश्वर अपने भक्त का अनिष्ट कभी नहीं करते...।"

उन्हीं दिनों मुझे कलकत्ता **रचना** पुरस्कार लेने जाना था, जो मुझे कविता, और राजी सेठ को कहानी के लिए मिला था। मैंने गुरुजी को भी साथ ले लिया कि इससे उनका मन कुछ बहलेगा। इससे पहले भी मैं दिल्ली की कई साहित्यिक गोष्ठियों में उन्हें ले जा चुकी थी, जिससे उनका सामाजिक 'विज़न' कुछ विस्तृत हो।

कलकत्ता में जो अन्य लेखक भाषा परिषद में ठहरे थे, विशेषकर राजी, उन्हें बहुत विस्मय होता कि अपने से इतनी छोटी वय के और ऊपर से अति साधारण दिखने वाले इस बालक गुरु का इतना मान मैं क्यों करती हूं। उन सबके लिए मेरे 'अव्यावहारिक' होने का यह एक और प्रमाण था।

कलकत्ता से लौटे तो गुरु जी को 'इंटरव्यू काल' का पत्र मिला। मुझे इसी की प्रतीक्षा थी। बाबू जी डॉ. विद्यानिवास मिश्र उन दिनों दिल्ली आए हुए थे और आई. आई. टी. में वागीश जी के यहां ठहरे थे। मैं शाम को वहां गई। भाग्य से उन्हें घेरे कोई नहीं था उस समय। मैंने धीरे से कहा, "बाबूजी, मेरी गुरुदक्षिणा करवा दीजिए..." बिना कहे वे जान गए कि अपने गुरु की नौकरी का प्रबन्ध किए बिना इस लड़की की मुक्ति नहीं। बोले, "तुम्हारे पास गाड़ी है?"

"जी, बाबू जी।"

उन्होंने पास रखा अपना कुर्ता पहना। पैरों में चप्पल डाली। बोले, "चलो।"

पांच-सात मिनट बाद, हम कटवरिया सराय स्थित लालबहादुर शास्त्री

संस्कृत विद्यापीठ के कुलपति, डॉ. मंडन मिश्र के द्वार पर।

दरवाज़े पर आ मंडन मिश्र ने बाऊजी के पैर छुए, भीतर आने को कहा। बाऊजी वहीं खड़े-खड़े बोले, "भाई, आज तुम्हारे द्वार पर हम याचक हैं। यह लड़की मेरे सिर पर बैठी है। इसकी गुरुदक्षिणा करवानी है।"

शब्दशः ये मेरे बाबू जी के शब्द थे, जिन्हें सुनने और जिनके कहने वाले को अपना बाबू जी कह पाने के लिए शायद मुझे कई जन्म लेने होंगे। इतना पुण्य जल्दी तो अर्जित नहीं होता।

मंडन जी की जो भी प्रबन्धन कठिनाइयां रही हों, बहरहाल गुरु जी की नियुक्ति जयपुर के संस्कृत विद्यापीठ में हो गई। और यों मेरी गुरुदक्षिणा के साथ-साथ मेरी संस्कृत शिक्षा भी इतिहास की बात हो गई। एक कहानी-भर।

पर सच ही क्या? सच ही क्या मैंने वह सब नहीं पाया, जो अंग्रेज़ी ने नहीं दिया? अंग्रेज़ी ने खोजी वृत्ति दी, समाधान नहीं। ज्ञान का प्रकाश दिया, सम्यकता की स्थिरता नहीं। और मेरी हिन्दी ने मुझे स्वर तो दिया पर उसकी तरलता नहीं। उसकी लय, उसके लालित्य के लिए मुझे संस्कृत तक जाना ही था। और गुरु जी के आने ने बताया कि विद्या 'श्रद्धावान' को ही आती है, बहुत सारे पैसे देकर बढ़िया स्कूल से तो मात्र प्रमाणपत्र मिलता है, जिसके बदले आप अर्थ तो पाते हैं सिद्धि नहीं, गति पाते हैं निरन्तरता नहीं।

कमला जी कभी-कभी बहुत याद आती हैं। मृत्यु के समय वे अकेली थीं। कोई बच्चा पास न था। एक बार उन्होंने बताया कि 'आल इंडिया' में एक नर्स ने उन पर हाथ उठाया। मृत्यु के बाद कई दिन उनका शव, शवगृह के हवाले रहा, जब

तक उनका बेटा, भारत, या बेटी आ नहीं गए।

उनके घर के आगे से निकलती हूं, तो उनके नाम की तख़्ती खोजती हूं। चाहती हूं मेरी किसी भाषा भूल पर वे तर्जनी उठाएं और मुझे कहें, 'नहीं, यह नहीं — ऐसे।'

गुरुजी से भी वर्षों मिलना नहीं होता। वे जयपुर से श्रृंगेरी, श्रृंगेरी से केरल और केरल से पुरी जा चुके हैं। उनके साथ उनकी सुशिक्षित सुमुखी पत्नी और दो बच्चे हैं। इन वर्षों में उन्होंने संस्कृत पढ़ाने के उपक्रम में अंग्रेज़ी सीख ली है। बीच-बीच में अंग्रेज़ी में लिखे उनके पत्र मिलते रहे। मेरे उत्तर हिन्दी में ही गए। हाल ही में उनकी पदोन्नति हुई और वे रीडर होने पर दिल्ली किसी सेमिनार में आए तो मुझे मिलने घर पर भी आए।

बात-बात में बोले, "संस्कृत इज़ ए ग्रेट लेंगुएज" **(Sanskrit is a great language.)**।

मैंने हंसकर कहा, "गुरु जी, संस्कृत के लिए यह बात क्या अंग्रेज़ी में कहनी होती है...?"

छह

शायद 1994 का ग्रीष्म था। अजमेर से एक निमन्त्रण मिला कविता पाठ का। विस्मय में डालने वाली बात यह थी कि यह निमन्त्रण अजमेर के जैन समाज की ओर से था। सुनीता के साथ 'जैन' होने से यह मेरी पहली पहचान थी। कवि गोष्ठी, मुनिश्री के चातुर्मास की समाप्ति के उपलक्ष्य में था। सूचना थी कि मुनि स्वयं कवि हैं और दिल्ली से बुलाए गए कवियों में श्रीमती कुन्था जैन और इन्दु जैन भी थीं।

मैंने अजमेर कभी देखा न था। जाने का मन हो आया। कुन्था दीदी को फोन किया। वे काफ़ी अस्वस्थ थीं। जा नहीं सकती थीं। मैंने कहा, "इन्दु तो जाएगी।" वह बोलीं, "इन्दु शायद ही जाए ऐसी गोष्ठी में, पर पूछकर देखो।" इन्दु को मैंने फोन किया कि साथ चलेंगे यदि वह चलें तो। वे बोलीं, "सवाल ही नहीं उठता।" उन्होंने कोई सफ़ाई देना ज़रूरी न समझा। मैंने भी बात वहीं ख़त्म की।

भीतर ही भीतर बुरा लगा। जैन हैं तो हैं — इसमें क्या हर्ज है? दिल्ली से कोई क्यों नहीं जाएगा? पत्र में लिखा था, "जैन समाज जैन कवियों का सम्मान भी करेगा..." न जाना कैसे भी उचित न लगा।

मुझे जानने वाले जानते हैं कि मैं बस या हवाई जहाज़ के सफ़र से नहीं घबराती। पर जाने क्यों रेलगाड़ी के नाम से मुझे बहुत धुकधुकाहट होती है। कभी अकेले गाड़ी में बैठना पड़े, तो हालत बयान के बाहर होती है। ख़ैर, मेरे अनुरोध से एक परिचित साथ चलने को तैयार हुए। उन्हें वहां कुछ काम था। उन्होंने टिकट मंगवाए और सराय रोहिला स्टेशन से सुबह-सुबह हमने गाड़ी पकड़ी।

अजमेर ठहरने का प्रबन्ध नसियां जी के पास के ही किसी होटल में था। होटल के बाहर खुली नालियां, उनमें बेशुमार मच्छर, खिड़कियां खोलो तो सड़क का शोर। एयरकंडीशन न होने से बन्द करना मुश्किल। जो साथ आए थे मुझे होटल पहुंचा अपने काम से चले गए। अगले दिन सुबह आने को कहकर। अनजाना शहर। मेरा कोई भी परिचित नहीं।

कविता पाठ शाम को था। उससे पहले 'नसियां जी' का मन्दिर देखा। मुनिश्री के पास तो अपार श्रद्धालु थे ही। मुनि विद्यानन्द जी को छोड़ मेरा कभी किसी जैन मुनि से परिचय न हुआ था। मुनि को ठीक से नमन तक करने के सलीके से अनभिज्ञ मैं अपनी झेंप में अलग-थलग-सी रही। वहां कोई और महिला कवि आई हो ऐसा याद नहीं पड़ता।

याद है कि शाम को कविता पाठ हुआ। कुछ आमन्त्रित कवियों ने फ़िल्मी धुनों पर जैन कविताएं सुनाईं। कुछ मुनिश्री की स्तुति, कुछ ने जैन धर्म की ओज-भरी कविताएं। मेरे पास ऐसा कुछ था नहीं। जीवन के प्रति आस्था वाली जो दो-तीन कविता थीं वे सुनाईं। याद है कि उनमें एक कविता उन्हीं दिनों लिखी गई थी -

वह दिन, दिन नहीं होता
जिस दिन फूलों का जन्म नहीं होता...

इसे भी सुनाया। सुनाते समय लगा 'यहां किसने सुनी होंगी ये कविताएं' और यों भी तो सुनने वाले श्रद्धालुओं को, हंसों के बीच मैं कौआ ही लगी होऊंगी। पाठ के बाद सकुचाई-सी मैं श्रोताओं में एक ओर खड़ी हो गई। कुछ देर बाद मेरे पास एक भले से व्यक्ति आकर खड़े हुए। लम्बे बाल। मृदुभाषी। बोले, "आप यहां कहां फंस गईं, सुनीता जी?" या ऐसा ही कुछ। मैंने आश्चर्य से उनकी ओर देखा, इन्हें कैसे पता मेरी मनोदशा? बोले, "मैं सरोजकुमार हूं इन्दौर से। अपनी

कविताएं मुझे देंगी क्या? मैं **नई दुनिया** में छापना चाहता हूं।" मैंने कविताएं जो हाथ में थीं उन्हें दे दी। इस बीच स्टेज से उनका नाम पुकारा गया और वे चले गए।

छपने पर सरोज जी ने कविताएं भेजीं। 'दीपावली अंक' के लिए कुछ मंगवाया। और यों पत्न-व्यवहार चला। मैंने उन्हें अपनी उन्हीं दिनों छपी कुछ कविता-पुस्तकें समीक्षा को भेजीं। इस बीच सरोज जी दिल्ली आए। घर पर भी। बात-बात में उन्होंने कहा, "सुनीता जी, आपकी कविता तो आज की कविता नहीं है। आपने आज के कवियों को नहीं पढ़ा क्या?"

"पढ़ा है। मेरी कविता बस मेरे साथ है।" वे दुखी-से हुए मेरे लिए। मेरे 'सिरफिरेपन' ने मेरे लिए उन्हें चिन्तित किया शायद। इन्दौर से उन्होंने सूचित किया कि मेरी पुस्तकें वे अपने एक मित्न को दे देंगे। यह मित्न, प्रमोद त्निवेदी, कविता के मर्मज्ञ हैं और शीघ्र ही मुझे अपनी प्रतिक्रिया भेजेंगे।...चाहूं तो कुछ अन्य पुस्तकें मैं भी उन्हें भेज दूं।

उसके बाद सरोज जी से कुछ सम्पर्क टूट-सा गया, कुछ मैं अध्यक्ष होकर व्यस्त हो गई, किन्तु जैसा उन्होंने कहा था, बहुत शीघ्र ही डॉ. प्रमोद त्निवेदी की मेरी कविताओं पर टिप्पणी मिली। ज़ाहिर था उन्होंने मुझे धैर्य से पढ़ा है। टिप्पणी से लगा कि उन्हें भी कविता में कविता के धुरन्धरों से मेरी पिटाई की काफ़ी आशंका थी। किन्तु मेरी कविता से हटकर प्रमोद जी के पत्नों में एक ऐसी सदाशयता थी, कविता के प्रति ऐसा समर्पण कि पत्न-व्यवहार होता रहा। उनके जैसा पत्न लिखने वाला लेखक मैंने केवल एक जाना था — बम्बई के वीरेन्द्र कुमार जैन को।

गर्मियां फिर आ गई थीं। प्रमोद जी ने एक पत्र में लिखा कि उन्हें हरिद्वार जाना है एक जैन मुनि की गोष्ठी में मुनिश्री की कविता पुस्तक, **शिवशाला** पर परचा पढ़ने। क्या मैं भी जा रही हूं?

मैंने लिखा — मुझे तो निमन्त्रण नहीं है।

वे हैरान हुए। लिखा — 'मैं जैन नहीं, पर जा रहा हूं, आप जैन होकर भी नहीं जा रहीं। निमन्त्रण की चिन्ता न करें, चलना चाहें तो चलें। लिखा यह भी था कि वे यात्रा से कितना डरते हैं। उन्हें तो दिल्ली से हरिद्वार कैसे जाना होगा, यह भी ठीक-ठीक पता नहीं।

मैंने लिखा, 'आप दिल्ली आ जाइए। हरिद्वार तक पहुंचा दूंगी। मैंने अभी-अभी 'सूमो' ख़रीदी है। उसकी भी सैर हो जाएगी। आप परचा पढ़ें, हम हरिद्वार घूम लेंगे।' डॉ. कमल कुमार से उन्हीं दिनों परिचय हुआ था, उनसे बात हुई तो वे भी चलने को तैयार हुईं। जैनेन्द्र जी के बेटे प्रदीप भी बोले कि चलेंगे; साथ ही मेरी एक मित्र का बेटा, जो उन्हीं दिनों अमरीका से लौटा था और दिल्ली की गर्मी से दुखी था।

जिस दिन जाना था उस सुबह प्रमोद त्रिवेदी को लेने निज़ामुद्दीन स्टेशन पर सुबह 6 बजे पहुंची। किन्तु हम एक-दूसरे को पहचानेंगे कैसे? ड्राइवर को उनके नाम की तख्ती थमाई। आधा घंटा इधर-उधर ढूंढ़ते रहे। सब यात्री चले गए। प्लेटफ़ार्म पर कोई ऐसा न दिखा जो दिल्ली से डरा, सुनीता जैन की प्रतीक्षा कर रहा हो। पसीने में भीगे, झल्लाए से घर पहुंचे।

देखा कि प्रमोद जी स्तब्ध-से नीचे के खंड में बैठे हैं। नहा चुके हैं। घर में उन दिनों काम कर रही महिला ने उनको चाय इत्यादि को भी पूछ लिया था। उलहाने और सफ़ाइयां जब समाप्त हुईं, तो वे कुछ स्वस्थ होकर बैठे और हमने नाश्ता समाप्त होते ही हरिद्वार के लिए गाड़ी छोड़ दी। नियत समय और स्थानों से बाक़ी

के सहयात्रियों को बैठा लिया गया।

हरिद्वार में **शिवशाला** पर विचार-गोष्ठी गुरुकुल कांगड़ी के परिसर में आयोजित थी। हमारे ठहरने का प्रबन्ध भी वहीं था। हम जब पहुंचे तो मुनि गुप्तिसागर तभी आहार से निवृत्त हो बाहर बग़ीचे की बेंच पर आकर बैठे थे। प्रमोद जी को देख प्रसन्न हुए। प्रमोद जी ने हमारा परिचय करवाया। मैंने कल्पना नहीं की थी कि एक जैन मुनि इतना सरल दिख सकता है और इतनी अल्पवय में मुनि की पदवी पा सकता है। हम भोजन कर लें, ऐसा उनका आग्रह था।

भोजन के बाद सभा आरम्भ हुई। मुनि जी के संकेत पर सभी आमन्त्रित वक्ताओं के सम्मान के समय मेरा और कमल कुमार का सम्मान भी किया गया। हम इस बात से भी चकित हुए कि वे हर आए-गए के प्रति कितने सजग हैं। अपार श्रद्धालुओं की भीड़ थी। मंच से, जैसा कि ऐसी सभाओं में अक्सर होता है मुनिश्री की वन्दना का अतिरेक था। कुछ 'मेरा यहां क्या काम' वश, कुछ धरती पर अधिक देर बैठने में अक्षम मैं धीरे-धीरे सभागार से बाहर आ खुले में बैठ गई, वहीं बग़ीचे के पास। अन्त में मुनिश्री का प्रवचन आरम्भ हुआ। उनकी वाणी में अद्भुत ओज था साथ ही मधु। एकाएक चौंकी। वे कह रहे थे, "आप कहते हैं कि आपकी मां आपके साथ रहती है। वह कोई पालतू जन्तु है? कुत्ता बिल्ली है? क्या आप यह नहीं कह सकते, मेरा सौभाग्य है कि मैं अपनी मां के साथ रहता हूं...?"

एक मुनि जिसने कब का गृहस्थ त्याग दिया उसे हमारे समाज में वृद्ध महिलाओं की दुर्दशा का ऐसा आभास! उसकी भर्त्सना में ऐसी लौह टंकार!! शायद उस क्षण मैंने अपने भीतर मुनि महिमा को पहचाना।

शाम में उनसे फिर भेंट हुई। पर मैं बोलने में कभी आगे रही नहीं। उस भीड़ में दूर से ही देखा, यद्यपि वे बार-बार हम लेखक लोगों पर अपना ध्यान केन्द्रित करना चाहते रहे।

मुनिश्री से अगली भेंट भी एक घटना थी अपने-आप में। सर्दियों की शुरुआत थी। मैं घिटोरनी और याया नगर के निकट एक नर्सरी से कुछ गमले क्रय कर जैसे ही बाहर आई सड़क पर जुलूस दिखाई दिया। कारों में जैन पताका देख मैं पढ़ना चाह रही थी कि कैसा या किसका जुलूस है कि तभी सामने से एक गोल घेराबन्दी कर चल रहा जन समूह पास आया। मैंने किसी से कहा, "कोई मुनि हैं क्या?"

"हां, गुप्तिसागर जी!"

"सच !" मैं हजूम की तरफ़ बढ़ी। उन्होंने घेरे को मेरी ओर से ढीला किया। मुनि को मैंने नमन किया। वही बाल सुलभ प्रसन्नता मुनिश्री के मुख पर मुझे दिखी। बोले, "आप यहीं रहती हैं।" "जी, पास में ही।" अधिक बोला न गया। पीछे से उनका आशीर्वाद मिला। हजूम चलता गया। वे सब कासन जा रहे थे। कासन के किसी घर में खुदाई के समय 700 वर्ष पुरानी जैन मूर्तियां मिली थीं एक घड़े में। उसी को लेकर जैन समाज में बड़ी उत्तेजना थी। कासन में बड़ा अतिशय क्षेत्र बनने की योजना थी। गुप्तिसागर जी के इस अकस्मात दर्शन पर मेरा मन पुलकित होता रहा।

इस घटना के लगभग 6 महीने बाद आई. आई. टी. के किसी दूसरे विभाग से डॉ. वी. के. जैन का फोन आया कि वे मिलना चाहते हैं। मुझे तो कमरे की कैद थी ही अध्यक्ष के नाते, सो कहा, "आ जाइए, यहीं हूं।" वे आए, हाथ में बड़ा-सा

लिफ़ाफ़ा था। बोले, "यह एक जैन मुनि की पुस्तक का अंग्रेज़ी अनुवाद है। किसी ने एडीटिंग के लिए भेजा है। मैंने उनसे कहा मैं तो अंग्रेज़ी का हूं नहीं, पर हमारे यहां एक जैन महिला अंग्रेज़ी की प्रोफ़ेसर हैं..."

"जैन साहब, मुझे क्यों फंसा रहे हैं। मैं इस काम के नितान्त अयोग्य हूं। 1975 में मुनि विद्यानन्द जी ने भी कहलवाया था कि कुछ जैन ग्रन्थों का अनुवाद करुं तब भी क्षमा मांगनी पड़ी थी ..."

"आप इसे एक नज़र देख तो लें। मैं बहुत कठिनाई में हूं..." उन्होंने लिफ़ाफ़ा मेरी ओर बढ़ाया। खोलकर देखा। मुनि गुप्तिसागर की पुस्तक का अनुवाद था। अरे! इन्हें तो मैं जानती हूं। जाने क्यों मुनिश्री से लगातार यों निकटता का सुयोग बन रहा था, अपने-आप सिलसिलेवार।

घर लाकर मैंने अनुवाद देखा। कई बार। अगले दिन वी.के. जैन से कहा, "डॉ. जैन यह अनुवाद तो मुझसे ठीक न हो पाएगा। बड़े श्रम से किया गया है, पर इसमें अंग्रेज़ी का 'इडियम' कहीं नहीं..."

"कोशिश तो कीजिए।"

"हो नहीं सकता, जहां से भी छुआ यह ताश के महल-सा गिर पड़ेगा सारे का सारा।"

कुछ सोचकर वे बोले, "मिसेज़ जैन, मैं ये सब मुनि जी को समझा न पाऊंगा। आप साथ चलें, प्लीज़..."

कोई चारा न था। मुनिश्री रोहतक रोड़ के मन्दिर के निकट ठहरे थे। उन्हें सूचना दी गई थी कि आई. आई. टी. से कोई अंग्रेज़ी की प्रोफ़ेसर उनसे मिलने आ रही हैं। जब मैंने नमन किया तो वे मेरे पीछे उस प्रोफ़ेसर को न पा विस्मित से बोले, "आप ही अंग्रेज़ी की प्रोफ़ेसर हैं क्या?"

बहुत झेंपकर मैंने कहा, "जी, महाराज।"

यह तीसरी भेंट थी और पहचान का पहला अवसर। मुनिश्री की तीक्ष्ण दृष्टि से छुपा न था कि यह महिला अपने विषय में कभी बताती ही नहीं, यदि यह अनुवाद की बात न चलती।

उन्हें मैंने अपनी कठिनाई बतलाई।

वे बोले, "पुस्तक तो अवश्य छपनी है। पैसे जो भी लगें..." मैंने कानों को छू, उनके आगे हाथ जोड़ दिए।

"नहीं महाराज, यह पैसे की बात नहीं। इसे ठीक नहीं किया जा सकता।" उनकी छवि एकाएक म्लान हुई देख, मैंने वह कहा जिसके लिए मैं स्वयं कभी तैयार न होती, "यदि आप आज्ञा दें, तो मैं इसे नए सिरे से अनुवाद करने का प्रयत्न करूं।" उन्होंने आज्ञा दी। लगभग एक वर्ष के श्रम से उनकी पुस्तक किसने **मेरे ख़याल में दीपक जला दिया** का अंग्रेज़ी रूपान्तर इनर लाइट (**Inner Light**) के नाम से मेरे ही सुझाव पर पांच खंड में छपा। सन्ध्या टाइम्स के वीरेन्द्र जैन उन दिनों वाणी प्रकाशन के लिए मेरे कविता समग्र यहीं कहीं पर को व्यवस्थित कर रहे थे। मेरे अनुरोध पर उन्होंने **इनर लाइट** के छपने में सहायता की।

इस पुस्तक के अनुवाद और उसके बाद मुनिश्री की जीवनी, महायोगी **गुप्तिसागर** के अंग्रेज़ी रूपान्तर ने मुझे मुनिश्री के जीवन को पग-पग जानने-समझने का अवसर दिया। जैन धर्म के इस आलोक में मुझे अपने ही व्यक्तित्व और अन्तस की कई संगति-विसंगतियों के मूल कारण समझ में आए। मेरा झूठ न बोल पाना, बहुत कलात्मकता होने के बाद भी वस्तुओं से मोह न होना, राग और विराग का व्यवहार में एक साथ होना, कभी हाथ न फैला पाना, अपना अक्खड़पन अपनी न्यायप्रियता, स्वच्छता के प्रति असीम आग्रह और जो

वांछित नहीं उसके प्रतिपक्ष में खड़े होने की क्षमता का धैर्य — यह सब कहीं से तो मिले होंगे। अपनी इस विरासत का वैभव अब तक मुझे ज्ञात न था। जब हुआ तो उसके दिगम्बरत्व में एक अनूठा मौन था — ज्यों भीतर कुछ समाधि में चला गया हो।

गुप्तिसागर जी से मैंने कहा था कि जब तक मैं हूं जैन पुस्तकों का अनुवाद करती रहूंगी। उसमें मेरा निजी स्वार्थ है। हर पुस्तक के साथ हर पल जीना होता है। उसकी सांस में सांस लेनी होती है, तभी उसके भीतर के कल्याणकारी तत्त्व का आत्मसात सम्भव होता है। अनुवाद के छपने जाने पर मैंने हर बार मुनिश्री से अनुनय की है कि इस पर केवल उनका नाम रहे। वहां मेरे नाम का कोई औचित्य नहीं। उन्होंने यह कहकर मुझे निरुत्तर कर दिया, "किन्तु यह भाषा तो मेरी नहीं।"

गुप्तिसागर जी से वय के इस पड़ाव पर यों अकस्मात भेंट होना अकस्मात भी तो नहीं — ऐसा जब भी होता है, तो किसी पुराने गणित के फलस्वरूप होता है। और उसका समय भी समय से पहले आता नहीं।

फिर मुनि का मुनि होना, गुरु का गुरु होना, सज्जन का सज्जन होना ऐसा ही तो है जैसा सूरज का धूप होना। और यह धूप ही है जो मणि को अपने मणि होने का पता देती है। मुझे कभी-न-कभी जैन होना ही था।

सुनीता से जैन होने की मेरी इस यात्रा में जो भूमिका प्रिय सरोजकुमार और प्रमोद त्रिवेदी ने निभाई वह भी मात्र संयोग तो न थी। आज से तीस वर्ष पूर्व जब अमरीका से मैं आई थी, मुनि विद्यानन्द के दर्शन का सौभाग्य कई बार हुआ। कुन्द कुन्द भारती तब बन रहा था। मुनिश्री हौज़ख़ास के किसी घर में थे। मैं जैसे

ही कमरे में आई और नमन किया, आशीर्वाद में हाथ उठा उन्होंने कहा, "सुनीता, तू साध्वी हो जा।" मुनि के ये वचन मुझे स्तम्भित कर गए। मेरी वय 33 वर्ष की थी, मेरे तीन छोटे बच्चे थे, मैं आई. आई. टी. में पढ़ा रही थी...तो? इन तीस वर्ष में मुनि विद्यानन्द का वह आशीर्वाद या आदेश मुझे कभी न भूला। किन्तु इसके अर्थ मुझ पर आज ही खुले हैं। मुनि जिस साध्वी को मुझमें देख रहे थे, या जिस साध्वी के होने की अनुमति दे रहे थे, मेरा सारा रचना-जगत उसी साध्वी की शब्दकाया ही तो है। मुनिश्री ने मेरे भीतर की इस शब्दकाया को, साध्वी को ही तो सुबोधा होगा, जिसके उकेरने में ये तीस वर्ष बीत गए।

सात

यहां आए दसेक दिन हो गए हैं यात्रा की खिन्नता समाप्त-सी है। दिनचर्या ने भी अपने ढर्रे को पकड़ लिया है। न ड्राइवर, न सेवक। हाथ के काम 'का अपना सुख होता है — शायद बहुत वर्ष बाद। आती तो पहले भी रही हूं, पर इस तरह से पूर्णरूपेण गृहिणी नहीं। कहीं दफ़्तर की तिक्तता और रिक्तता बनी रहती थी। अवकाशग्रस्त होने का यह सुख कि अपना और मात्र अपना जीवन एक बड़े फलक-सा सामने है। मैं हूं उसमें और वे सब नहीं हैं। जो निरर्थक या मात्र संयोगवश साथ रहे।

लगातार बारिश हो रही है। सभी कह रहे हैं कि इस वर्ष ग्रीष्म तो आरम्भ ही नहीं हो रहा। फिर भी कल धूप निकली। दोपहर में सैर को निकल पड़ी। वही देवदार, वही चीड़ और उनकी पहचानी गन्ध। और कितने ही पर्वतीय वनस्पति जिन्हें छुटपन में कसौली, मसूरी या ऐसे ही किसी हिल स्टेशन पर पहचाना था। रोमांच-सा होता है दिनों को यों पीछे खिसकते देख जैसे कोई बच्चा दूर से दौड़ता आया हो फिर वहीं दौड़कर दोबारा चला जाए, कभी आगे, कभी पीछे...

स्मृति की यह खलबली 1994 में मां के जाने से आरम्भ हुई। या उससे पहले कभी जब स्विट्ज़रलैंड में चुप बैठी रहती थी। पर तब अतीत मात्र पिछले 4-5 वर्ष का था। अब एक लम्बा, गहरा और गहराता समय है। अपनी स्मृति से भी आगे कहीं मां के बचपन की कल्पना तक।

...रात होते ही जब यहां की भाषा का शोर थमता है, तो फिर मन हिन्दी में तैरता है। घेरता है अपना घर, अपनी दिल्ली। जाने कैसे इतना ललकते हैं सब विदेश के लिए। और क्यों विदेश में ही मेरा देश मेरे सबसे क़रीब होता है...होता रहा है पिछले 44 वर्षों से।

वय के इस पड़ाव पर कुछ कहने का मन होता है। मौन में ही जैसे यह कहना चलता रहता है। अज्ञेय जी याद आ जाते हैं। कितने वर्ष चुप रहे और चुप रहकर चुप्पी के आरोपों को सहा। जाने के कुछ वर्ष पहले बोलने लगे थे — बोलना चाहने लगे थे। अपनी जीवनी तक लिखवाने में वे सहायक होने को राज़ी हो गए थे। बाबू जी (डॉ. विद्यानिवास मिश्र) लिखने भी लगे थे। जब कभी अज्ञेय जी से मेरा मिलने का सुयोग होता तो कवेंटर लेन के निवास स्थान पर ही। वे बग़ीचे की तरफ़ टहल जाते या वहां ही उनसे भेंट होती। कभी पानी देते कभी यूं ही फूल-पौधों का आनन्द लेते। यह रसिकता भी तो कितनी जानी-पहचानी है, आदिम है। एक-एक वृक्ष या पौधों का इतिहास बताना — कहां से लाए थे, कैसे लगाया, कैसे दिल्ली की लू से बचाया, और सबके संस्कृत में नाम सुनाते; जैसे जीवन उनकी उंगलियों से बहकर वापिस धरती में जा रहा था, उन्हीं पेड़-पौधों के संग — या हवा में घुल रही थी जिजीविषा सुगन्ध।

पश्चिमी चित्रकला का इतिहास आज ही पढ़कर समाप्त किया है। मोने (**Monet**) पर एक आलेख अलग से पढ़ा। शायद इसलिए और भी याद आए अज्ञेय — मेरे गुरुवर। मोने का वही चोगा-सा, वही बिखरापन और

अपने बग़ीचे को देखकर वही उन्माद। और जाने के दिन भी लाइलेक के बल्बों का पार्सल आने की प्रतीक्षा में चले गए। यही क्या अज्ञेय जी का भी चित्र नहीं — यह पीछे छूटा वनस्पति संसार, यही तो कविता थी। गुरुदेव का वह काष्ठ प्रकोष्ठ **(tree house)** वृक्ष के विस्तार में जिसमें बैठकर कविता सुनाने का आश्वासन दिया और सुनने वाले के आने से पहले उसी की प्रतीक्षा में चले गए। मोने के वे बल्ब आए होंगे, लाइलेक उगे होंगे। कविता भी सुनी होगी गुरुदेव की पक्षियों ने कवेंटर लेन में, उनके जाने के बाद। वाणी छूट जाती है। यहीं हर कलाकार की।

दिल्ली से चली तो मेरे पचगांवा के फ़ार्म पर आम के सभी वृक्ष धरती तक झुके थे फल से। जानती हूं तोते और गिलहरी — यदाकदा की तेज़ आंधी में सभी चले गए होंगे पकने से पहले। पर उस आनन्द को तो छोड़ ही गए, जो फल से लदे वृक्ष को देखकर आंख को होता है। वृक्ष जो हाथ से रोपा गया हो, बड़ी कठिनता से बचाया हो, दीमक से, लू से, पानी की कमी से, सर्दी में पाले से, मालियों की मूढ़ता और उपेक्षा से। इस वर्ष तो लीची के पेड़ पर भी फल था पहली दफ़े मात्र दसेक लीची। अभी छोटी थीं और बड़ी भी क्या ही हुई होंगी इस गर्मी में। पर हुईं तो वे कई वर्ष की उत्सुक प्रतीक्षा के बाद।

यहां के लिए चलने से पहले एक काम करना जाने क्यों बहुत ज़रूरी लगा था। अपनी नई पुस्तक, **अब तक** की दो प्रतियां — खंड 1, खंड 2 लेकर पद्मा सचदेव से मिलने गई। कभी अच्छी मित्रता थी। उनका दबंग होना अच्छा लगता था। लेखिका को ऐसा होना चाहिए — अपनी ज़मीन पर खड़ा — पूरे आत्मविश्वास से। लेखक को सदा उतना ही नहीं मिलता जितना उसका श्रेय होता है। कभी नहीं मिलता बिल्कुल भी, कभी थोड़ा-सा, कभी ठीक-ठीक या कभी

बहुत अधिक। पद्मा को उनके नामानुरूप मिला जैसे। जितना लिखा उसके अनुपात में भरपूर। ऐसा प्रायः नहीं होता। किन्तु हो सकता है — पद्मा इस बात की प्रमाण-सी हैं मेरे लिए।

बीच के वर्षों में उनसे मिलना नहीं हुआ। अपने जीवन की बीहड़ता कभी संयोग से इतनी हो जाती है कि कुछ छूट-टूट भी जाता है। बहुत छूटा नौकरी की व्यस्तता में। और यह नौकरी दिल्ली विश्वविद्यालय के कॉलेजों-सी तो थी नहीं बंधे-बंधाए पाठ्यक्रम की और अनन्त छुट्टियों और हड़तालों से मिली छूट की।

जिन वर्षों में हिन्दी वालों से मेल-मिलाप कम रहा उन वर्षों में कितनी भ्रान्तियों का सुभीता रहा मेरे 'शुभचिन्तकों' को। उन्हीं में से किसी की भड़काई पद्मा जी भी जब-जब भी मिलीं तो तनी-सी मिलीं। जब बोलीं तो दंश देने को ही बोलीं। मेरे नाम के साथ 'कर्णकवुशब्द' भी जोड़ने लगीं — जहां मैं आने वाली होती, वहां उन्हें आपत्ति होती, मेरे साथ स्टेज पर बैठने में।

समझ में नहीं आया यह सब क्यों? क्यों हम गिनती के चार-पांच जन भी एक-दूसरे को यों झपट-कपट में लेते रहते हैं। यहां के लिए चलने से पहले उनसे मिलने गई। मन में था कि यह तनाव 'प्रेम' का अधिक है, और इसका होना दुर्भाग्य-सा तो है ही; हिन्दी लेखन की दरिद्रता भी।

फोन करके गई थी। वे प्रसन्न हुईं। बिस्तर पर बैठी ऑक्सीजन ले रही थीं। उसे हटाया। खिड़की खोलीं। कमरे की भी, मन की भी। दो दिन बाद उनका फोन आया, बोलीं, 'तू जिऊंदी रह'। (तुम जिओ/जीती रहो)। रोमांच हुआ। मां के बाद किसी ने ये तीन शब्द ही नहीं कहे थे। बाक़ी तो यथावत था। उन्होंने कहानियां पढ़ीं। सराहीं। पहले भी यदि वो कभी उदार हुई थीं, तो मेरी कहानी **पालना** पढ़कर। जब मिलतीं उसी कहानी का जिक्र करतीं। इस बार वह गांठ आवाज़ में नहीं थी, जो पिछले कई वर्ष से थी। यही होता है लेखक से लेखक का असली साक्षात्कार — असली पहचान — उसके शब्दों के माध्यम से। ये

शब्द ही एक दूसरे की आत्मा का अवलोकन हैं (map of one's soul)। इन्हीं को देखना बन्द कर दिया हिन्दी के उन सभी लेखकों ने जो दिखने में व्यस्त हो गए। लिखने की माया गौण होती चली गई इस तरह से, इन पिछले 15 वर्षों में।

चलने लगी थी तो पद्मा जी ने अपनी पुस्तकों की अलमारी की ओर देखकर कहा था, "इन्हें कहीं देना चाहती हूं, पर अभी नहीं। अभी मुझे दस वर्ष तक और लिखना है...इनकी ज़रूरत है।..."

रचनात्मक ऊर्जा से लकदक ऐसा ही होता है कलाकार का कालबोध, काल की सीमाओं के पार। फिर मोने की याद आई। जाने के कुछ वर्ष पूर्व उन्होंने अपने मित्र आन्द्रे बाबियर को 1925 में लिखा था, "बहुत काम कर रहा हूं, बहुत प्रसन्न हूं। शायद सौ वर्ष पार कर ही लूं..." सौ वर्ष नहीं हुए न सही। (5 दिसम्बर, 1926 को निधन)

जब लौटूं पद्मा जी ऐसे ही मिले, लिखती हुई — दस नहीं दस से कहीं अधिक कला वर्षों में जीतीं।

आठ

यहां कई दिन से हिलेरी क्लिंटन की पुस्तक का शोर है। कल शाम टेलीविज़न पर ख़बरों में था कि पहले दिन दोपहर तक चालीस हज़ार प्रतियां विक्रय हो गईं। पुस्तक के लिए 'बार्न्स एंड नोबल' की दुकान खुलने से पहले ही लोगों का क्यू सड़क पर था और दिन-भर लोग घंटों क्यू में रहे अपनी प्रति क्रय करने और हिलेरी का हस्ताक्षर लेने। यह अपने-आप में बिक्री का नया कीर्तिमान था 'बार्न्स एंड नोबल' के लिए। और ये कीर्तिमान बनते ही रहते हैं। पुस्तक की, बताया गया, 10 लाख प्रतियां छपी हैं पहले संस्करण में और प्रकाशक ने एक लाख प्रतियां अतिरिक्त तुरन्त छपने को दी हैं।

यह सूचना पढ़ और पुस्तक के लिए यहां के लोगों का यह उत्साह मन को जाने कितना उदास कर जाता है। इस यात्रा में मेरे साथ एक भारतीय मूल के सज्जन बैठे थे, जो कई दशक से यहां बसे हैं। सारी यात्रा में वे भी एक मोटी पुस्तक पढ़ते रहे। यात्रा का अन्त होने से पहले बोले, "चलिए मेरी पुस्तक भी समाप्त हुई।" उन पर मेरा ध्यान इसलिए गया था कि वे भारतीय थे। हर यात्रा में अनेक यात्री अमरीकी या अन्य पश्चिमी देशों के, कुछ-न-कुछ पढ़ते ही रहते हैं। तो? तो हमें क्या हो गया है? क्यों पुस्तक लिखने के बाद बड़े-से-बड़े लेखक को भी यह लगता है कि पुस्तकें कहीं शून्य में विसर्जित हो रही हैं जहां न उनको समेटने को हाथ है, न पढ़ने को उत्सुक आंख।

अब तो लेखक को भी इस बात की चिन्ता नहीं होती कि पुस्तक पाठक तक पहुंची कि नहीं। उसकी चिन्ता मात्र इतनी होती है कि उसके कुछ मित्रों ने आउट लुक या इंडिया टुडे में उस पुस्तक की यथोचित स्तुति की है कि नहीं। मुझे

याद है कि आज से छः-सात वर्ष पहले अशोक वाजपेयी की पुस्तक **तिनका तिनका** दो खंड में छपी थी। यह उनके तब तक लिखे पांच-छः कविता-संग्रहों का समग्र था। अशोक वाजपेयी भले ही कॉन्ट्रोवर्शियल' हों किसी के लिए किन्हीं कारणों से, उनकी कविता की सहज ऊर्जा मुझे अच्छी लगती है। उनके दिए हिन्दी कविता को नए बिम्ब भी। और प्रेम कविता में प्रेमजनित वासना का ऐसा नैसर्गिक उच्छाह अशोक के ही बूते की बात है। वे हिन्दी के समकालीन उन बहुत कम कवियों में से हैं, जिनकी कविता दूसरी बार भी पढ़ी जा सकती है — एक ही पाठ में चुक नहीं जाती। यहां यह कहना असंगत शायद न हो कि इस यात्रा में दिल्ली से वियना तक मैं और अशोक विमान में साथ थे। किन्तु अभिवादन से अधिक कोई बात हमारी नहीं हुई — नौ घंटे के सफ़र में। अशोक स्वयं यदि कतराते हैं, तो मैं इस मामले में उनसे भी तीन गुना आगे हूं। जिनको साहित्यकार के रूप में पसन्द करती हूं, उनको व्यक्ति के रूप में जानना ही नहीं चाहती — डर लगता है कि जाने क्या ऐसा सामने आए, जो उनके लिखे को पढ़ने में बाधा बन बैठे। तो भी यह अद्भुत बात तो है कि हिन्दी के दो कवि विदेश में साथ हों और इस तरह एक-दूसरे से पूर्णतः उदासीन — और वह भी ऊपर से ओढ़ी उदासीनता जिसका व्यक्ति से कम, व्यक्ति के 'एटिच्यूड' से अधिक सरोकार हो जिसमें...एक सहज व्यक्तिगत सदाशयता का नितान्त अभाव हो।

ख़ैर! **तिनका तिनका** मैंने जब प्रकाशक से मंगवाई और उसे पुस्तक की पूरी क़ीमत, 500 रुपये भी दिए तो वे बहुत चौंके। उन्हें या तो पैसा मिलने की उम्मीद न थी या यह ताकीद सुनने की थी कि 'मेरी किसी पुस्तक के रॉयल्टी अकाउंट में से ले लेना।' जब मैंने रुपए दिए तो वे बोले, "मैंने यह पुस्तक काफ़ी बेच ली है, किन्तु केवल पुस्तकालयों को। आप पहली ख़रीदार हैं, जिसने व्यक्तिगत प्रति ख़रीदी है।" सुनकर कष्ट हुआ था। अशोक वाजपेयी की पुस्तक की भी यदि एक ही पाठक तक पुस्तक-ख़रीद होनी है (उसी वर्ष अशोक को ढाई लाख का

मोदी शिखर सम्मान और साहित्य अकादमी पुरस्कार मिला था) तो पुस्तकों का भाग्य इस देश में क्या होने को है! विस्मय नहीं कि प्रकाशकों का व्यवहार इतना अपमानजनक रहता है लेखकों के प्रति। नए लेखकों की ओर तो पूछिए नहीं। और बिकने पर भी वे 'नहीं बिका कुछ' कहकर रहा-सहा उत्साह भी तोड़ देते हैं। इस बीच वे लेखक से जो सहयोग राशि लेकर गटक लेते हैं, वह अपनी अलग कहानी आप है।

मात्र 300-400 प्रति का एक संस्करण छपवा पाने की लेखकों की यातना मैंने देखी है। सोचती हूं, यदि वे छप भी गए तो इस विशाल भारत के हिन्दी जबड़े में ये तीन सौ पुस्तक की किस कोटि का चबेना होंगी? क्या अर्थ होगा पुस्तकों के छपने का?

अक्सर छोटे शहरों की यात्राओं में जो लेखक मिलते हैं — विशेषकर महिलाएं, वे निकट आने का उपक्रम इसलिए करते हैं कि शायद किसी प्रकाशक को उनकी किसी पुस्तक के लिए, दिल्ली में रहने-छपने वाला लेखक, मुहैया करवा सके। कितनों ने मुझसे नहीं कहा होगा कि उनके पास पांच-छः या इससे भी अधिक अप्रकाशित पांडुलिपियां पड़ी हैं। पांच-सात वर्ष बाद जब कभी वे मिले, तो उनमें से अधिकतर लिखना बन्द कर चुके थे। कटु हो गए थे या आसपास के किसी प्रकाशकीय ढाबे में अपने पैसे से बुरी-सी दिखने वाली पुस्तक छपवाकर अपने लेखकीय जीवन का अन्तिम संस्कार जैसा कर चुके थे। कुछ पुस्तक छपवाने के बाद, बड़े लेखकों से मिले, अपमान या अवहेलना की पीड़ा में लगभग मानसिक रूप से रुग्ण हो गए थे। जब भी ऐसे लेखक को देखा तो प्रकाश मनु का उपन्यास **पापा के जाने के बाद** याद हो आया। पुस्तक का नायक-कलाकार अन्त तक खिड़की में बैठा किसी पत्र के आने की प्रतीक्षा करता रहता — ऐसा पत्र जो कभी नहीं आया, उसकी मृत्यु तक। पुस्तक जब पढ़ी थी तो इस बिम्ब के पूरे अर्थ नहीं खुले थे मुझ पर — उस दिन खुले जब दिल्ली के पास के

एक छोटे-से शहर से एक अस्सी वर्ष से ऊपर के वयोवृद्ध लेखक का फोन आया — लम्बा फोन था। कह रहे थे किसी भी तरह क्या मैं उनका नाम फलां पुरस्कार के लिए भेज सकती हूं — यानी पुरस्कार दिलवा सकती हूं?

दिल बैठ-सा गया था उस दिन। बेहद ग्लानि हुई उनकी अनुनय सुन। पुरस्कार दिलवाना-न दिलवाना मेरे वश की बात थी भी कहां! केवल दो बातें उस दिन स्पष्ट हुईं — मनु के उपन्यास का वह बिम्ब — कलाकार का अवहेलित होकर भी इस उम्मीद में जिए जाना कि शायद कभी, शायद किसी गुणी की दृष्टि उसके काम पर पड़ेगी और उसे उसका यथोचित मान और स्थान प्राप्त होगा। कितना कोसता होगा ऐसा व्यक्ति उस दिन को जब वह कलाकार हुआ। दूसरी बात यह स्पष्ट हुई कि मेरे ये हाथ जो कभी पहचाने जाने के लिए किसी के आगे फैले नहीं, ये कितने मूल्यवान हैं, इसीलिए जब वे जुड़ते हैं तो केवल वहां जहां जुड़ने के लिए हाथों का होना होता है।

प्रश्न यहां किसी को नसीहत या व्यक्तिगत नैतिक मूल्यों का नहीं है। प्रश्न है। कि यह भाषा — यह हिन्दी — इतनी दीन कैसे हो गई? कि इसका साहित्यकार मात्र याचक में क्यों परिवर्तित होने लगा? इस भाषा के साहित्य जगत में इस क़दर राजनीति कैसे उतर आई कि रणनीति बनने लगी नित नई। यहां तक कि आपसी बोल भी, मेल-मिलाप भी उसी से तय होने लगा। प्रश्न यह नहीं कि विदेश यात्रा में क्यों दो कवि एक-दूसरे से बोले नहीं, प्रश्न यह कि क्यों उन्होंने एक-दूसरे से बोलना *चाहा* भी नहीं। और प्रश्न यह कि पुस्तकें क्या मात्र सत्ता से जुड़े या आई. ए. एस. वालों की छपा करेंगी या फिर अंग्रेज़ी लेखकों के अनुवाद! लगता तो कुछ ऐसा ही है।

जो मात्र अपनी रचना की उत्कृष्टता के बल पर छप रहे हों, छपते रहे हों — ऐसे लेखकों की गिनती के लिए अब दो हाथ की दस उंगलियां-भर काफ़ी हैं। बाक़ी तो नाम लेते ही सब एक-दूसरे के लिए कहने को तत्पर रहते हैं कि फलां के छपने में तो इसका-उसका हाथ है, यह वह कारण है.... राज है...। और यह कहकर जब कोई आनन्द भी लेता है, सोचता है कि उसने कितने पते की बात कही, तो जाने क्यों सिर झुक जाता है — उनके कहने के सबब से अधिक उन नौबतों के सबब जो हिन्दी के अच्छे-से-अच्छे उर्जावान और मौलिक लेखक को सन्देह की चौहद्दी में छोड़ देता है। यह सन्देह साहित्य की क्षति तो करता ही है, पाठक की उससे अधिक करता है। उसे न पढ़ने का अवसर और बहाना दोनों मिल जाते हैं।

कई वर्ष पूर्व हम कुछ लेखक वत्सल निधि की ओर से आयोजित लेखक शिविर में कुशीनगर आमन्त्रित थे। कुशीनगर पहुंचने से पहले, गोरखपुर विश्वविद्यालय के हिन्दी विभाग की ओर से एक विचार-गोष्ठी आयोजित थी। गोष्ठी में श्रीलाल शुक्ल का सम्मान था और अशोक वाजपेयी को बोलना था। अशोक को सुनने का मेरा यह पहला अवसर था। उससे पहले हमारे रास्ते कभी टकराए नहीं। अशोक की वाक्-क्षमता कुछ कम नहीं। बात-बात में 'ससुराने' के बाद भी हिन्दी के थोड़े से अच्छा बोलने वालों में वे हैं। किन्तु उन्होंने जो उस दिन कहा उसे भूलना सम्भव नहीं। अपने दोनों बाज़ू दोनों ओर हवा में फैलाते हुए वे अपने चिर-परिचित मद में बोले, "कुछ लेखकों को तो हम चलते-चलते यूं ही निपटा देते हैं..."

यह बात महत्त्व नहीं रखती कि किन लेखकों की ओर उनका इशारा था या किन्हें वे निपटा चुके या निपटाने जा रहे थे। बात महत्त्व की यह है कि पूरे सभागार में किसी को उनकी बात पर आपत्ति होती जान नहीं पड़ी। सब आनन्द जैसा ले रहे थे उनकी इस साहित्यिक मुंहज़ोरी का। यदि किसी को आपत्ति नहीं ऐसी ओछी बात पर तो फिर ठीक ही है कि हिन्दी के साहित्यकार निपटा

दिए जाते रहें, बिन पढ़े, बिन छपे। और एक दिन न साहित्य रहे, न निपटाने वालों की आवश्यकता। उस सभागार में बैठे-बैठे और उसके भी वर्षों बाद तक मुझे कॉस्टलर (Koestler) के उपन्यास **डार्कनेस एट नून** की याद हो आई, उपन्यास के अन्तिम दृश्य की, जब मृत्युदंड को ले जाए जा रहे नायक के सामने जेल की हर कोठरी के संकरे सींखचे में एक कृश हाथ बाहर था दुहाई या करुणा 'Pieta' की मुद्रा में और कनपटी पर पिस्तौल रखने वाले सैनिक की वर्दी से नायक मन ही मन पूछ रहा था — "किसके नाम में उठाई इसने पिस्तौल की यह काली नली..." **(...in whose name did it raise the dark pistol barrel?)**

बात केवल साहित्यकारों, उनके मद या उससे उपजी साहित्यिक हिंसा तक होती तो भी ठीक था। बात उससे भी कहीं गहरी है, और गहरे जाकर चुभती है। पिछली गर्मी मेरे कुछ परिजनों ने जैनों के तीर्थस्थल श्रीमहावीर जी जाने का कार्यक्रम बनाया। मुझसे पूछा गया, चलोगी क्या? महावीर जी से मां की, मेरे बचपन की बहुत-सी स्मृतियां जुड़ी हैं...पर अक्सर किसी का साथ न होने से मैं जा नहीं पाती। सो तैयार हुई। एक एयरकंडीशंड सूमो में हम सब भरकर चले। रास्ते-भर उनके परिवार के छोटे-बड़े बच्चे नए-नए फ़िल्मी गानों की टेप बजाते रहे या फिर स्वयं अन्ताक्षरी जैसा कुछ खेल रचा, स्वयं गाते रहे। कुछ देर तो अच्छा लगा। बच्चों की यह नई पौध, उनकी ये रुचियां देख एहसास हुआ कि इस नई 'कल्चर' को जानने का अभी तक कोई अवसर मुझे नहीं मिला था, क्योंकि मेरे बच्चे कब के बड़े हो विदेश जा चुके थे और उनके बच्चों से इतनी निकटता सम्भव नहीं थी मेरे कभी-कभार के मिलने में। कुछ देर को गाने जब बन्द हुए और भोजन आरम्भ, तो मैंने पास बैठे बच्चों से पूछा, "गर्मी की छुट्टियों में क्या-क्या पढ़ोगे?" बच्चों की आंखें बाहर निकलने को हो गईं। बोले, "पढ़ाई तो ख़त्म हो गई। रिज़ल्ट भी निकल आए!" "जानती हूं। पर गर्मियां इतनी लम्बी होती हैं, कुछ किताबें तो पढ़ोगे?" उनमें से जो सबसे चुलबुला और नटखट था,

दस वर्ष का, बोला, "क्यों अम्मा जी, अब क्यों पढ़ेंगे? हमने तो कल ही सारी किताबें कूड़े में फेंकी हैं..."

"कूड़े में?"

"हां, जैसे ही रिज़ल्ट निकलता है और पास हो जाते हैं, हम सब किताबों को कूड़ेदान में फेंक आते हैं। छुट्टियों में तो अब मौज़ करेंगे न..."

फिर मेरे मुंह से एक शब्द भी नहीं निकला। इतनी वितृष्णा! पुस्तकों से! उत्तर भारत में, विशेषकर दिल्ली के मध्यम वर्ग परिवारों के बच्चों में !! इतनी लालसा नाचने की — रात-रात-भर फ़िल्मी गानों पर। जो जितना नाचा उतना स्मार्ट।

मुझे मां याद आई। परीक्षा समाप्त होते ही कहतीं, "पुस्तकों को संभाल कर रख दो। इनके कवर बदली कर दो, (हम पुस्तकें ख़रीदते ही ब्राउन पेपर के कवर उन्हें पहनाते थे) रिज़ल्ट निकलने पर पता करना कौन बच्चे ऐसे हैं, जो पुस्तकें नहीं ख़रीद सकते। जाकर उनको दे आना।" पुस्तक कभी हाथ से छूट धरती पर गिरती तो उसे उठाकर सिर पर रखते थे। कभी पैर से छू गई तो तड़पकर उन्हें माथे से छुआते थे। यह सब हमने मां से सीखा था, जो बहुत पढ़ी-लिखी तो नहीं थी, पर पुस्तकों को 'विद्या' कहती थीं। "विद्या का आदर नहीं करोगे, तो वह तुम्हें आएगी कैसे? अनपढ़, गंवार रह जाओगे..." अक्सर डपटती थीं इन शब्दों में। आज मांएं शायद डरती हैं बच्चों को कुछ भी कहते। बच्चे जिस चीज़ से खुश हों उसी में वे खुश रहती हैं। अब पुस्तकें विद्या हैं भी कि नहीं, कौन जाने!

नहीं याद कि मेरी वय क्या थी, शायद सात-आठ वर्ष की रही होगी, जब बाऊ जी का एक अर्दली मुझे लुधियाने की एक लाइब्रेरी में ले गया था। मैं उससे, कोचवान से, मालियों से, सेवकों से, सबसे — कहानी सुनाने का आग्रह किया करती। कब तक सुनाते रहते वे बेचारे। तो एक दिन वह अर्दली बोला, "मुन्नी बेटी, जहां कहानी की पुस्तक मिलती है वहीं चलो न...।" "ऐसी भी कोई जगह होती है क्या?" "होती है — लायब्रेरी।" वह पेशे से मात्र सेवक मुझे वहीं ले गया था। मैं **भूतनाथ, चन्द्रकान्ता सन्तति, तिलस्मी पंजा** और जाने क्या-क्या लाने लगी। पुस्तक इसलिए निकलवाती कि वह ख़ूब मोटी थी। समाप्त हो गई तो फिर कोई लायब्रेरी लेकर जाए-न जाए जल्दी से। एक अर्दली जैसे अदना व्यक्ति को भी कैसे पता था उन दिनों पुस्तकों का महत्त्व किसी बढ़ते बच्चे के ख़ाली दिनों में? उसके एक-आध वर्ष बाद तो मुझे हमारे घर रह रहे एक सम्बन्धी के बेटे की पुस्तकों में **मानस-रोवर** भी मिल गया। तब मैं **मानसरोवर** को **मानसरोवर** पढ़ सकूं इतनी भाषा नहीं जानती थी। किन्तु जितनी जानती थी उतनी से ही मैंने प्रेमचन्द को बिना जाने कि वे प्रेमचन्द हैं, पूरा पढ़ डाला।

एक बार फिर कहूं कि प्रश्न यहां व्यक्तिगत क्षमता या अवसर या रुचि का नहीं है। प्रश्न है उपलब्धि का। यदि पुस्तक घर में होगी ही नहीं, कोई उसे क्रय करेगा नहीं, संभालकर चुनकर अलमारी में रखेगा नहीं, कभी-कभी धूल झाड़कर पढ़ने नहीं बैठेगा या उनकी चर्चा नहीं करेगा तो आठ-नौ वर्ष के बच्चों को पुस्तक की उपस्थिति का भान या महिमा का ज्ञान भी क्योंकर होगा। क्यों बड़े होकर वे पुस्तकों को ख़रीदेंगे, उनकी बाट जोहेंगे और पढ़ेंगे — भले ही वह उनके समय और उनकी भाषा के सबसे उर्जावान कवि, अशोक वाजपेयी, की ही कविता पुस्तक क्यों न हो।

लुधियाना आने से पहले मेरे न्यायाधीश पिता अम्बाला शहर में थे, जहां हमारी स्कूली शिक्षा प्रारम्भ हुई। पैदल चलकर मैं आर्या कन्या पाठशाला तक जाती थी, तख़्ती-बस्ता लिये। आते समय अन्य बच्चों के साथ आती थी। रास्ते में पड़ने वाले एक तालाब से सिंघाड़े की बेले खींचकर सिंघाड़े तोड़ने से हम न चूकते। जब किसी ने मेरी आवारगी देख बाऊ जी से (हम पिता जी को बाऊ जी ही कहते थे) कहा कि आप बच्ची को अंग्रेज़ी स्कूल में क्यों नहीं भेजते? तो वे बोले, "जज मैं हूं। यह नहीं। बच्चों को सभी के साथ हिलना-मिलना आना चाहिए।" स्कूल में दो छेक वाले पैसे फ़ीस थी और लाल रंग के टाट पर बैठकर हम पढ़ते थे।

यह बात लुधियाना आने से पहले की है। लुधियाना में जो स्कूल हमारी कोठी (सिविल लाइंस) के पास में था, वह अंग्रेज़ी माध्यम का 'न्यू मॉडल स्कूल' था। तब तक मेरी एक छोटी बहन भी आ गई थी, जिसके बाल अंग्रेज़ी ढंग से कटते और जो मेरी तरह देसी फ्राक न पहन स्लेक्स पहनती। शायद मां भी अब जान गई थी कि लड़कियों को स्मार्ट होना ज़रूरी है। छोटी बहन के सुन्दर होने के गर्व में या अन्य कोई स्कूल पास न होने के कारण मां ने उसे 'न्यू मॉडल स्कूल' अंग्रेज़ी मीडियम में डाला। मैं भी इसी स्कूल में चौथी कक्षा में भर्ती हुई। किन्तु मैंने तो अब तक ए बी सी डी तक सीखा नहीं था। और यहां तो बच्चे के. जी. जैसी किसी कक्षा से ही अंग्रेज़ी पढ़ते थे। बाऊ जी के रोब में मुझे प्रिंसिपल ने स्कूल में तो रखा, किन्तु अंग्रेज़ी के घंटे में मुझे पढ़ने के लिए फ़र्स्ट स्टैंडर्ड के बच्चों की कक्षा में जाना होता था। यह स्थिति किसी के लिए कितनी भी हास्यास्पद रही हो, (हो सकता है बच्चे ही मुझ पर हंसे हों) किन्तु मुझे इसमें कुछ बुरा न लगा। बस किसी तरह तीन साल का पाठ एक वर्ष में फलांगना था। उस वर्ष मुझे अपनी देर से सीखी अंग्रेज़ी के बाद भी 'डबल प्रमोशन' मिली और मैं चौथी कक्षा से सीधे छठी में भेज दी गई।

याद नहीं कि इतनी अंग्रेज़ी कैसे सीख ली होगी — घर में कोई बताने वाला भी

नहीं था। बाऊ जी से तो हमें भय लगता, मां पढ़ी-लिखी न थीं, भाई इंजीनियरिंग कॉलेज के होस्टल में थे, बहन का विवाह हो चुका था। मैं थी और मेरा झगड़ालू भाई मुझसे एक वर्ष बड़ा। उससे तो वैसे भी बचना ज़रूरी था, क्योंकि पढ़ाई में उसे सब फिसड्डी कहते थे, छोटी बहन के मुक़ाबले। तो वह क्या सहायता करता। मारने की ही युक्ति खोजता रहता। मुझे याद यह है कि एक दिन एक पुस्तक **ब्लैक ब्यूटी** मेरे हाथ आ गई। गर्मी की वह छुट्टी हम दिल्ली में बाबू जी के अपने नए बने मकान में बिताने आए थे। सामने के घर में एक डॉक्टर परिवार तभी इंग्लैंड से लौटा था। उनकी अति स्मार्ट लड़कियों में एक थोड़ी-सी सीधी थी। उसी ने मुझे कुछ पुस्तकें पढ़ने को दी। **ब्लैक ब्यूटी** भी मुझे वैसे ही पढ़नी पड़ी, रुक-रुक कर, हिज्जे कर, जैसे **'मानस-रोवर'** किन्तु उस गर्मी के बाद अंग्रेज़ी मेरी अपनी भाषा-सी हो गई थी। हिन्दी और अंग्रेज़ी एक-दूसरे का हाथ पकड़े बहनें-सी मेरी अभिन्न, मेरी सखियां...और दोनों ही गर्मी की छुट्टियों की देन!

इसीलिए जाने क्यों गर्मी की छुट्टियां आरम्भ होते ही हर बच्चे से पूछने को मन होता है — 'अच्छा यह बताओ, इस गर्मी तुम कौन-कौन-सी पुस्तक पढ़ोगे?

(जून, 2003, सिल्वर स्प्रिंग, अमरीका)

संस्मरण

वह दिल्ली

1955 में पंजाब से दसवीं पास कर दिल्ली आना हुआ। पिता अमृतसर में जिलाधीश के पद से साल-भर में रिटायर होने को थे। बोले, "लड़की को दिल्ली के कॉलेज में भर्ती करवा दो। जहां हमें अगले वर्ष जाना है।" सो इन्द्रप्रस्थ कॉलेज के 'प्रेप' में दाखिल हुई। तब तक **वीर अर्जुन** और **दैनिक प्रताप** जैसे पत्रों के साहित्यिक पृष्ठों पर कई छोटी रचनाएं और उन दिनों के बाल पृष्ठों के बड़े पुरस्कार मिल गए थे। मेरी वय केवल 15 वर्ष की थी। सौभाग्य यह कि दिल्ली में आकर अपने मामा-मामी के पास 7/36, दरियागंज ठहरी। उसी घर में, जिसके पिछले हिस्से में जैनेन्द्र जी रहते थे। जैनेन्द्र जी की बेटियां, कनक और कुमुद, मेरी ममेरी बहनों की सखियां थीं। इस तरह मेरी भी हुईं। सब के साथ मैंने भी जैनेन्द्र जी को लेखक से पहले 'मौसा जी, मौसा जी' की संज्ञा से जाना।

शाम को जैनेन्द्र जी अकसर छत पर लेटे रहते और हमें आया देख वक्ष पर तौलिया खींच लेते। छत पर पानी का छिड़काव रहता। 'मौसा जी' की क्या महिमा है, क्यों उनका नाम इतने आदर से लिया जाता है, इसकी गम्भीरता अभी मेरे 15 वर्ष के सरल स्वभाव की पकड़ में पूरी तरह नहीं आती थी। लेखन के साथ

लेखक बड़ा होता है, यह भी अभी समझी नहीं थी।

जैनेन्द्र जितने निरीह और निरापद दिखते थे, मौसी भगवती उतनी ही दबंग और रोबीली थीं। महज 5 फुट की उनकी काया सदा धवल खादी की धोती (नीले किनारे वाली) से आतंकित ही करती। वह सबसे अलग ही दिखतीं। मौसा जी भी उनकी करारी आवाज़ के आगे कुछ चुपाए से रहते। आज समझ आता है कि बड़ा व्यक्ति कितना उदार होता है! हमें उन्होंने कभी भगाया नहीं। जब भी अटपटे सवाल पूछे, धैर्य से उत्तर दिया। मेरे प्रति आकर्षित भी हुए, जब उन्हें सूचना दी गई कि 'यह लिखती है।' दिल्ली की सबसे पहली तस्वीर में जैनेन्द्र जी ही मेरी स्मृत्ति में जड़ित हैं।

पांच-छः महीने बीतने तक हमारे पिता श्री सुल्तान सिंह नहीं रहे। अचानक ऑपरेशन के दौरान उनका निधन हो गया। मृत्यु के इस पहले साबके ने मुझे सुन्न कर दिया। तोप और बन्दूक की सलामी ले हमारे बाऊजी तो विदा हुए, उनके साथ ही विदा हुआ उनका वैभव, अमृतसर का भव्य 'सेशन-हाउस', घोड़ा-गाड़ी, दरबान, चपरासी, कई-कई माली, उनके बाल-बच्चे तथा अनेकों सेवक। मां जब छोटे-छोटे तीन भाई-बहनों को ले दिल्ली आईं, तो दरियागंज में मामा का घर छोड़ मैं रोहतक रोड के अपने घर आ गई। घर में बच्चों में बड़ी, तिस पर लड़की होने के नाते सबसे अधिक अवहेलना और कटाक्ष मुझे ही झेलने थे। 'इसकी शादी करो' का नारा सामूहिक रूप से सभी परिजनों ने छेड़ा। मां भयमारी कुछ समझ न पाई क्या करें? वह तो कभी पिताजी की कोठियों के गेट से बाहर भी अकेली नहीं गई थीं।

इस सबसे अपनी जान बचाती मैं पूरी तरह लेखक हो ही गई। सोलह साल की वय में दिन-भर बच्चन जी की व अन्य प्रसिद्ध कवियों की कविताएं ढूंढती कॉलेज लायब्रेरी में। रात में पढ़ती और कविताएं लिखती। उन दिनों इन्द्रप्रस्थ कॉलेज की सबसे लोकप्रिय कवि पुष्पा अवस्थी थीं (बाद में रमानाथ अवस्थी की

पत्नी)। उनके साथ कॉलेज के लिए कई शील्ड और पुरस्कार जीते। पुरस्कारों में मिली बालस्वरूप राही की दो पुस्तकें भी थीं। (वे अभी तक मेरे पास सुरक्षित हैं) राही को पढ़ा और विस्मय से भरी रह गई। एक दिन घर लौटते समय बस में मैं उनकी कविता की चर्चा साथ बैठी अपनी मित्र प्रभा से कर रही थी। प्रभा के लिए कविता और भैंस में कोई ख़ास अन्तर नहीं था। इसीलिए बढ़-चढ़कर उसे प्रभावित करने के लिए राही नामक कवि के क़सीदे चल रहे थे। शायद सोलह वर्षीय उन्माद जैसा भी। कविता के लिए मेरा पागलपन मेरी सभी मित्रों को मालूम था। इतने में अगली सीट पर बैठे दो युवकों में से एक मुड़े और बोले, "आप राही से मिलना चाहेंगी? ये राही हैं..." उन्होंने दूसरे युवक की ओर इंगित किया।

हमारे 'काटो तो खून नहीं' वाली स्थिति। जैसे ही बस रुकी, हम दोनों झटपट उतरकर भागीं। राही से बस परिचय इतना ही रह गया, किन्तु पढ़ना तेज़ी से बढ़ा। कविता लिखना भी। उस समय किन्तु अपनी लिखी हुई सैकड़ों कविता में से एक भी बचा नहीं पाई।

बरस एक और बीतते तक विवाह और फिर विदेश। दिल्ली से दूर उस सन्नाटे में ही मैंने बार-बार दिल्ली को चित्रित किया। कहानियां लिखीं और अपना पहला उपन्यास **बोज्यू** भी लिखा है, जो दिल्ली में ही घटित है।

1963 में भारत लौटी। दो छोटे बच्चे साथ थे और आलमारी में हाथ की लिखी कविता-डायरी और **बोज्यू** की पांडुलिपि, जो एक दिन अचानक मेरे चौदह वर्षीय सबसे छोटे भाई के हाथ लग गई। उसने पढ़ी और एक सम्पादक श्री सक्सेना, जो हमारी मां के मकान में किराएदार थे, उन्होंने भी पढ़ी। सब टूटे मुझ पर कि इसे छपना चाहिए, बहुत अच्छा उपन्यास है। उपन्यास छपा और इसी उत्साह में कछ नया भी लिखा गया। इन्हीं दिनों हाथ से लिखी कहानी **'बिरथा जन्म हमारो' धर्मयुग** को भेज दी। उस विस्मय का क्या अन्त होगा, जब

एक पोस्टकार्ड अगले ही सप्ताह मिला कि — कहानी पसन्द आई, जल्दी ही प्रकाशित होगी।

साहित्य का यह समय वह समय था, जिसमें सम्पादक स्वयं लेखकों की खोज करते थे। जिस **धर्मयुग** में बरसों के लेखन के बाद भी स्थान नहीं मिलता था, उसी के सम्पादक धर्मवीर भारती ने मेरी अटपटी-सी लिखावट वाली रचना पढ़ी, उसे छापा, सराहा और उसके बाद मुझे कभी खो जाने नहीं दिया। यदि छः महीने तक कुछ स्वयं नहीं भेजती, तो भारती जी का पत्र या तार आता — 'फिर खो गई कथरी में सुई-सी? बसन्त आ गया, कुछ नया भेजो।'

छपने पर जैनेन्द्र जी ने कहानी पढ़ी और एक दिन साहित्य अकादमी के एक आयोजन में अपने साथ ले गए। वहीं माचवे जी मिले और भारतभूषण अग्रवाल। भारत जी नाम सुनते ही बोले, "तुम्हारी कहानी पर यहां काफ़ी चर्चा रही।" आज ऐसे उदार और स्वीकार भरे शब्द कहने वाले लोग हिन्दी में अधिक नहीं बचे।

1965 में फिर से विदेश चली गई। उन्हीं दिनों मेरे साथ-साथ सोमावीरा और उषा प्रियंवदा भी गईं। महिलाओं में केवल बसन्तप्रभा से एक बार मिलना हुआ। दीप्ति खंडेलवाल और मालती जोशी, जिनकी ख्याति तब थी, दिल्ली के बाहर रहती थीं। लक्ष्मी नारायण लाल से परिचय हुआ, वे पास ही रहते थे। जाने से पहले दिल्ली में मेरे पहले उपन्यास **बोज्यू** और दूसरे उपन्यास **सफ़र के साथी** पर कई जगह अलग-अलग मंचों से निमन्त्रण मिला और गोष्ठियां हुईं। **सफ़र के साथी** पर बोलने वाले नामवर सिंह थे। अध्यक्ष कमला रत्नम्। आज ढूढें से भी शायद कोई मंच मिले, जो लेखक के लिखे पर स्वयं गोष्ठियां करवाता है। लेखक को ही अधिकतर यह करना होता है। तिस पर कौन क्या बोल देगा क्या ठिकाना। कोई सुनने भी आए, न आए। उन दिनों

जितना मैंने देखा और जाना यह कटुता, ये दूरियां नहीं थीं साहित्य के संसार में।

जैनेन्द्र जी के साथ ही अक्सर देखे जाने से मुझे चुटकी लेने वाले जैनेन्द्र की सुनीता भी कहने लगे। वैसे भी मेरा सुनीता नाम मेरे जन्म के समय कॉलेज में पढ़ रही मेरी बड़ी बहन ने जैनेन्द्र जी के उपन्यास **सुनीता** के नाम पर ही रखा था।

1972 में जब मैं अन्ततः भारत लौटी, तो आधी अंग्रेज़ी की हो चुकी थी। देश से दूर मैं साहित्य के पास ही रहना चाहती थी, किन्तु हिन्दी जैसा तो वहां कुछ था नहीं, इसलिए अंग्रेज़ी में एम. ए., पी-एच. डी. कर लौटी। पाया कि यहां का साहित्यिक वातावरण तब तक बहुत बदल गया था। बहुत-सी नई लेखिकाएं सामने थीं — मृदुला गर्ग, मंजुल भगत, चन्द्रकान्ता, सूर्यबाला व अनेक और लोग। दुर्भाग्य से मेरी किसी से भी अधिक निकटता न हो सकी। अंग्रेज़ी 'कल्चर' ने 'अपना डमरू स्वयं नहीं बजाना' सिखा दिया था, सो अपने अकेलेपन में निरन्तर लिखना चलता रहा।

हां, इस बीच दिल्ली में कितना कुछ बदल गया था, इसका अनुमान भारतभूषण अग्रवाल की कही एक बात से पता लगा। मैं परिवार वालों से मिलने अमरीका से कुछ दिन के लिए 1970 में दिल्ली आई हुई थी। भारत जी से मिलने गई। उनकी एक प्रेम कविता (या कई), जो उन्होंने मुझे पत्रों में समय-समय पर भेजी थीं, का ज़िक्र आया। मैंने कहा, "भारत जी, बहुत अच्छी हैं ये कविताएं, खूब **erotic** और मांसल, ये कब छपेंगी? वह हंसे। वही ठहाके वाली अपनी निर्मल हंसी और फिर गम्भीर होते हुए बोले, "सुनीता, ये कविताएं छपी तो मेरे मित्र लोग बहुत ख़फा होंगे, मुझे छोड़ेंगे नहीं...।"

मैं अवाक थी। क्या लेखक पर इतना दबाव सम्भव है? क्या लेखक इन दबावों में रहता है? मैंने शायद मौन संकल्प किया कि मित्र न हों, तो न हों, पर

लिखना वही होगा, जिस पर दिल्ली का दबाव न हो।

1972 में लौटने के बाद मैं अपना घर यहीं बनाती गई थी। मुझे डर था कि यदि अब विदेश लौटी तो हिन्दी सदा को छूट जाएगी। अंग्रेज़ी पढ़ते मेरी सोच की भाषा अंग्रेज़ी हुई जा रही थी। इसलिए हिन्दी सुनना और बोलना, हिन्दी वालों के बीच रहना मुझे आवश्यक प्रतीत हुआ। उस बीच दिल्ली में आएदिन की परेशानियों को न सह सकने के कारण यद्यपि मेरा परिवार एक-एक कर विदेश चला गया, पर मैं हिन्दी और हिन्दी साहित्य के मोह में वापिस नहीं गई। आई. आई. टी., दिल्ली में अंग्रेज़ी पढ़ाती रही और इस अकेली यात्रा में कुछ-न-कुछ लिखती रही। इन्हीं दिनों के कुछ मधु, कुछ कटु हादसे —

संयोग से एक शाम, एक ही गाड़ी में मैं, डॉ. नामवर सिंह और एक अन्य सज्जन, जिनका नाम याद नहीं आ रहा, किसी गोष्ठी में जा रहे थे। मेरा परिचय बताए जाने पर डॉ. नामवर सिंह ने जोड़ा "यह इसलिए अधिक जानी जाती हैं कि कब विदेशों से आईं, कब विदेश गईं।" ऐसी अकारण **(Unprovoked)** कुटिल बात से मैं स्तब्ध रह गई। मैंने विदेश और उससे प्राप्त सारे भौतिक लाभों को छोड़ा जिस हिन्दी के लिए, उस हिन्दी के ही एक ज़िम्मेदार व्यक्ति ने ऐसी और इतनी ग़ैर-ज़िम्मेदार बात कही, जिसका मेरे लेखन से कुछ भी सरोकार नहीं था। मुझे याद नहीं कि उस पश्चात डॉ. नामवर सिंह से कभी दूर से अभिवादन के अतिरिक्त मेरी कभी कोई बात हुई हो। हां, सूचनाएं मिलती रहीं कि उन्होंने मेरा नाम कहां से, किस पुरस्कार से काटा और क्या-क्या कहा, किन्तु मैंने उस पर कभी विश्वास करना उचित न समझा। मैं मानती रही हूं कि अन्य की क्षति-क्षमता बहुत अधिक होने पर भी अपनी पात्रता को कम नहीं समझना है, क्योंकि दूसरे पर अविश्वास ही

अपने आत्मविश्वास को घटाता है। इसे मेरी अकुशल बुद्धी कहें या चारित्रिक दृढ़ता, मैंने भय, आतंक और घटिया लालच को अपने पास नहीं पाला या पलने दिया।

हां, हिन्दी वालों को तब तक ख़बर हो ही गई थी कि मैं थोड़ी बहुत अंग्रेज़ी जानती हूं। अंग्रेज़ी में अपनी रचनाओं के अनुवाद करवाने जो मेरे पास आने लगे, उनकी लम्बी सूची है, जिसमें प्रमुख राजेन्द्र यादव का नाम है। वे मन्नू भंडारी के उपन्यास **बंटी** का अनुवाद चाहते थे। मन्नू जी को मैं दीदी कहती थी, इसलिए सहर्ष हां कर दी। राजेन्द्र यादव ने कहा भी कि कम-से-कम टाइपिस्ट के तो पैसे ले लो। मैंने हंस दिया कि "यह तो लेबर-ऑफ़-लव है दीदी के लिए"। किन्तु उपन्यास जब छपा तो मुझे भेजा तक नहीं। स्वयं एक प्रति कहीं से ले आई तो उस पर अनुवादक में मेरा नाम तक नहीं था। शायद इसीलिए मेरे संकल्पों में आया कि हिन्दी के लेखकों का कोई अनुवाद अब नहीं करूंगी। मैंने तो स्वयं अपने हिन्दी में लिखे का भी अनुवाद कभी नहीं किया। जो अंग्रेज़ी में लिखा, वह मूल रूप से अंग्रेज़ी में लिखा, जो हिन्दी में लिखा, वह मात्र हिन्दी में। **बंटी** के इस हादसे के बाद मन्नू और राजेन्द्र यादव से भी कभी मिलना-जुलना नहीं रखा, किन्तु इस दौरान जैनेन्द्र जी की पुस्तक **प्रेमचन्द : एक कृति व्यक्तित्व** का अनुवाद सम्पन्न कर लिया, जिस पर पहले से काम कर रही थी।

इस सब अप्रिय के साथ कुछ ऐसा प्रिय भी घटता रहा, जो एक लेखक को जीवित रहने के लिए पर्याप्त है। 1973-74 में एक दिन कॉलेज से लौटी ही थी कि प्रवेश-द्वार की घंटी बजी। सामने जो खड़े थे, मेरे परिचित नहीं थे। उन्होंने बताया, "पड़ोस में ठहरा हूं। जैनेन्द्र जी से कल मिला था। उन्हीं ने कहा कि सुनीता से अवश्य मिलना।" परिचय हुआ, बम्बई से वीरेन्द्र कुमार जैन थे। यह बाद में मालूम हुआ कि वह उन दिनों लगभग विक्षिप्त अवस्था में भ्रमण कर रहे थे। उन्होंने बताया कि वह जैनों के तीर्थस्थल श्रीमहावीर जी

से लौटे हैं, जहां मुनि विद्यानन्द की वाणी दूर से ही सुनकर वे बहुत आकर्षित हुए मुनि जी की ओर। बात-बात में मैंने कहा, "वीरेन्द्र जी, जैनो का तुलसी तो हुआ ही नहीं," वे अवाक मुझे देखने लगे। मैंने बात को खोला, "हमने श्रीराम, कृष्ण, बुद्ध, यहां तक कि ईसा मसीह को भी मानव से ईश्वर और सरस साहित्य के माध्यम से वापिस मानव बनाया, जन-मानस तक पहुंचाया। श्रीराम को बाल्मीकि से लेकर तुलसी ने, श्रीकृष्ण को व्यास से लेकर अनन्त लेखकों ने, बुद्ध को जातक कथाओं ने, ईसा को ईसा से जुड़ी कहानियों और दन्तकथाओं ने, किन्तु जैनों का तुलसी नहीं हुआ। इसलिए महावीर मानव से तीर्थंकर हुए और वहीं छोड़ दिए गए। जन-मानस में घर-घर लौटाकर लाए नहीं गए...।"

वीरेन्द्र जी का बम्बई जाते ही पत्र आया कि वह ट्रेन में सारी रात जागते रहे और मेरे कहे पर सोचते रहे। उसी रात उन्होंने **अनुत्तर योगी** की परिकल्पना की। मेरी एक छोटी-सी बात का बीजारोपण इतनी बड़ी रचना दे गया, इसमें मेरा कुछ भी श्रेय नहीं, सारा यश उस महा रचनाकार वीरेन्द्र कुमार जैन का है, जिनका मन नितान्त शिशुवत था और रहा।

1980 तक जो लेखक हिन्दी में प्रतिष्ठित हो चुके थे, उनमें से अनेक के पास यह शिशुवत मन मैंने देखा। उनकी छतनारी छाया को छुआ। क्या कारण है कि 1980 के बाद का लेखक जिस साहित्य-भूमि पर पनपा या पनपने दिया गया, वह इतनी खारी कि खरपतवार ही अधिक दे सकी?

एक अन्य मृदु स्मृति इन दिनों की। ठीक जैसे वीरेन्द्र कुमार जैन एक दिन आए थे, उसके वर्ष दो-एक बाद दोपहर डॉ. विद्यानिवास मिश्र ने घर की घंटी दी, क्योंकि

उन्हें मैं पहचानती थी, आई. आई. टी. दिल्ली में उनका अंग्रेज़ी में व्याख्यान सुनकर चकित हुई थी, दरवाज़े पर उन्हें देखती रह गई। समझ न आया कहां बैठाऊं, क्या करूं। वह आए थे शायद अंग्रेज़ी की कोई पुस्तक लेने। पुस्तक जब मैंने भेजी, तो उसमें एक पंक्ति का पत्र भेजा — **आप जब यहां आए तो मुझे लगा किसी जन्म के मेरे पिता घर आए।**

बाबूजी का उत्तर आया — **इस जन्म के क्यों नहीं?**

तब से आज तक उनकी बेटी होने का सौभाग्य हिन्दी की मुझको सब से बड़ी और अनमोल देन है। इसके ऊपर न हिन्दी कुछ दे सकेगी, न पाने की ही इच्छा मन में रहती है। बाबूजी से मुझे सदा अपने से ऊपर उठने का ही मन्त्र मिलता है। अपनी लघुता न भूलने का साहस भी।

इस साहस की मूर्तिमत प्रमाण महादेवी को मैंने एक बार ही सुना, देखा। वह डॉ. लक्ष्मीमल सिंघवी के निवासस्थान, साउथ एक्सटेंशन आई हुई थीं। मैं जब तक पहुंची, कमरा भर गया था और चौखट के बाहर खड़े हो महादेवी की आवाज़ सुनी। उनकी पीठ मेरी ओर थी, वह कह रही थीं — "आप जहां मर कर ही पहुंचते हैं, हम तो वहां जीवन-भर रहे हैं। आप क्यों पुरस्कारों के लिए भिक्षापात्र हाथ लिए निरन्तर दौड़ते रहते हैं?" महादेवी की कही बात किसी गुरुमन्त्र से कम न थी। उस शाम जो दोनों हाथों की मुट्ठियां बन्द हुईं, तो हुईं, वे कभी हिन्दी के दाताओं के आगे नहीं खुलीं।

यह आत्मनिष्ठता, यह आत्मसम्मान या 'सेल्फ़ एस्टीम' का बोध और इस पर सतत आचरण हिन्दी लेखक के लिए आज अपवाद-सा ही है। इस आचरण की गन्ध इतनी तीखी है कि छिपाए नहीं छिपती। यह गन्ध दरबारों में बैठे दातारों को सहन नहीं होती, उनकी ठकुराई में तो लेखक को सदा दीन और याचक ही रहना चाहिए। इसीलिए कुछ न मांगने वाला लेखक, ऐसा लेखक जो झोली न फैलाता हो, पैरों न पड़ता हो, प्रताड़ना का अधिकारी है। भले ही फिर वह कुछ भी लिखे,

उसका नाम कहीं दर्ज नहीं होता। हिन्दी के ऐसे दर्जनों लेखक हैं, जो काम करते थे, **लिखते** थे मगर **दिखते** नहीं। उनका इन दस-पन्द्रह वर्षों में कोई नाम लेवा न रहा। अपने ही साहित्य की इतनी हानि बस हिन्दी के ही बूते की बात है। संसार की शायद ही किसी अन्य भाषा-साहित्य में ऐसा होता हो।

1980 से अब तक हिन्दी साहित्य समाज का यह याचक रूप इतना गहरा और गहरे से घर कर गया है कि लेखक के लिए अपने लोभ पर संवरण कर पाना, अपनी यात्रा में नितान्त अकेले होना, अपनी बात कहते रहने के लिए आवश्यक मनोबल (**inner conviction**) अब उसके पास नहीं। जो लोग मज़बूत दिखते भी हैं, वे इसलिए कि उनके हाथ कोई और पकड़े है। जिसके हाथ किसी अन्य ने पकड़े हैं।

शायद इसीलिए एक दिन कुंवर नारायण ने कहा था, "क्या तुम्हें ऐसा नहीं लगता कि आज का हिन्दी साहित्य किसी थ्रेटेंड (**threatened**) भाषा का साहित्य है?"

• • •